丰子恺 / 著　丰一吟 / 编

丰子恺话人生

上海译文出版社

一片片的落英
都含蓄着人间的情味

——俞平伯评丰子恺

人生短，艺术长

陈　星

　　丰子恺，中国现代文化艺术大舞台上一个响亮的名字。他以卓绝的艺术修养和坚韧不拔的创作意志，一生涉及美术、文学、音乐、书法、翻译等各个艺术领域，并且都取得了杰出的成就。同时，他作为一代高僧弘一大师（李叔同）的得意弟子，在佛学上也具有很深的造诣，实可谓不可多得的文化艺术全才。早在 20 世纪 40 年代，日本著名汉学家吉川幸次郎在读了他的随笔后就认为："我觉得，著者丰子恺，是现代中国最像艺术家的艺术家。"事实上，世间大众对这位最像艺术家的艺术家并不陌生。这是因为，丰子恺早已为世人留下了难以计数的、雅俗共赏的漫画作品以及众多的散文、艺术随笔、艺术论著和翻译作品等。

丰子恺（1898—1975），浙江省石门县玉溪镇（今桐乡市石门镇）人。祖上自浙江金华迁入，世代均为诗书礼乐之家。其父为清朝末代举人，家有祖传染坊。自幼在家乡以"小画家"闻名，未满 16 岁即在《少年杂志》发表寓言四篇，可谓少年之才俊。1914 年，他以优异的成绩考入浙江省立第一师范学校，师从李叔同先生学习图画音乐，从夏丏尊先生习文学。1919 年与吴梦非、刘质平共同创办上海专科师范学校，同年参与发起成立中华美育会，次年参与编辑《美育》杂志。1921 年春赴日本游学 10 个月。回国后先后在浙江省上虞春晖中学、上海立达学园等校任教。1922 年发表简笔画于春晖中学《春晖》校刊，1925 年在上海《文学周报》发表画作多幅，被冠名为"子恺漫画"。1925 年出版第一本漫画集《子恺漫画》，随后出版画册甚多。1927 年皈依弘一大师，并开始与弘一大师共同创作《护生画集》（上海译文出版社于 2012 年 9 月重新整理推出了新一版《护生画集》）。1931 年出版第一部随笔集《缘缘堂随笔》，1933 年春在故乡石门新建缘缘堂，所作随笔通称为"缘缘堂随笔"。撰写、翻译艺术论著甚多，并擅长书籍装帧、音乐普及和书法。1937 年 11 月，故乡遭日军轰炸，遂率全家辗转逃难。其间曾任桂林师范学校教师、浙江大学副教授、国立艺术专科学校教授等职。抗战胜利后，全家于 1946 年秋重返上海。1947 年春卜居杭州静江路（今北山路）。1948 年秋赴台湾旅行并举办画展，后转赴厦门。1949 年 4 月初赴香港请叶恭绰先生题《护生画三集》并举办画展，同月下旬回上海定居，直至 1975 年病逝。曾任上海美术家协会主席、上海中国画院首任院长、第三届全国政协委员等职。

丰子恺的一生是艺术的一生，他对中国现代艺术的贡献巨大。他撒下了无数颗艺术的种子，为后人留下了无价的精神财富。如今的读者，真的要感谢丰子恺先生为世人留下的这些精彩而又丰富的精神食粮。在他的一生中，曾出版过170余种文学、绘画、艺术理论、日记、翻译等各类著述，若加上他人编辑出版的书籍，其数量可达200余种。可知，丰子恺确实如同论者所说的，是文化艺术领域中的一位"辛勤的播种者"。

丰子恺的漫画曾受多位日本画家的影响，尤其是竹久梦二，丰子恺以为，读其画，胸襟为之一畅，"仿佛苦热中的一杯冷咖啡"。丰子恺漫画的艺术特色，首先是意到笔不到的意韵追求，寥寥数笔，人物的形态却跃然纸上。他自己说过："作画意在笔先，只要意到，笔不妨不到，有时笔到了反而累赘。"其次是他的漫画具有很强的文学性。他以为"文学之中，诗是最精彩的"。"古人云：'诗人言简而意繁。'我觉得这句话可以拿来准绳我所欢喜的漫画。我以为漫画好比文学中的绝句，字数少而精，含意深而长。"丰子恺重视文学与绘画的融通之关系。他曾专门出版过一本叫《绘画与文学》的书（1934年5月开明书店版）。他认为："各种艺术都有通似性。而绘画与文学的通似性尤为微妙。探究时颇多兴味。"丰子恺作漫画，有许多更是以文学本身的诗句为题，其画也便随着有了更浓的文学味了。三是丰子恺漫画具有书法笔意。丰子恺是画家，也是书家。他的画自成一家，他的书法同样别具一格。而且，研究丰子恺的漫画，不能不研究他的书法。因为，丰子恺漫画的艺术特色在很大程度上是有赖于其书法的绝妙配合。丰子恺的书法，舒展有度，布局妥帖的书艺，读来很是悦目。

丰子恺的随笔在内容上是与其漫画创作同步的。他的随笔，总是选取自己熟悉的生活题材，无论是儿童生活，还是社会生活，他总是取其片断，以自己的所感，用最朴质的文字坦率地表达出来，倾注了一股真挚而又深沉的情感，同时又不乏哲理性的文句，很容易打动读者的心灵并引起并鸣。文学界对他的随笔好评多多。如赵景深在《丰子恺和他的小品文》中说："他不把文字故意写得很艰深，以掩饰他那实际内容的空虚。他只是平易的写去，自然就有一种美，文字的干净流利和漂亮，怕只有朱自清可以和他媲美。以前我对于朱自清的小品非常喜爱，现在我的偏嗜又加上丰子恺。"郁达夫在编选《新文学大系·散文二集》时收入丰子恺的五篇散文，即《渐》《秋》《给我的孩子们》《梦痕》和《新年》。郁达夫在评点文字中说："浙西人细腻深沉的风致"在丰子恺的散文里得到了体现，又说"人家只晓得他的漫画入神，殊不知他的散文清幽玄妙，灵达处反远出在他的画笔之上"。丰子恺的漫画和随笔，或将传统诗词意境融于作品之中，或体味儿童意趣展现童心世界，或细致观察人间万相投诸笔端，或充溢乡土情怀描绘家国风情，抑或怀揣慈悲精神追求护生护心旨趣。对于他而言，漫画与随笔如同孪生姊妹。

丰子恺还撰写或翻译了大量的艺术理论著作，其中有音乐方面的，也有美术方面的；有综合艺术，也有艺术史传等。他在这方面的贡献，"像给紧闭的房屋打开了一扇小窗"（丁善德语），而叶圣陶在《丰子恺文集》序言里也说："在30年代，子恺兄为普及音乐绘画等艺术知识写了不少文章，编了好几本书，使一代的知识青年，连我这个中年人也包括在内，受到了这些方面很好的启蒙教育。"在艺术理论上，丰子恺也有自己的追求。首先是艺术的大众化，以为艺术作品需要"曲高和众"，而不应该是"曲高和寡"，甚至还认为："今后世界的艺术，显然是趋向着'大众艺术'之路。文学上早已有'大众文学'的运动出现了。一切艺术之中，文学是与社会最亲近的一种。它的表现工具是'语言'。这便是使它成为一种最亲近社会的艺术的原因……故将来世界的绘画，势必跟着文学走大众艺术之路，而出现一种'大众绘画'。大众绘画的重要条件，第一是'明显'，第二是'易解'"；二是艺术的现实化，以为"美术是为人生的。人生走到哪里，美术跟到哪里。""文艺之事，无论绘画，无论文学，无论音乐，都要与生活相关联，都要是生活的反映，都要具有艺术的形式，表现的技巧，与最重要的思想感情。艺术缺乏了这一点，就都变成机械的、无聊的雕虫小技。"

丰子恺还是一位书法家。很多人喜欢他的书法。巴金说过："1930年我翻译的克鲁泡特金《自传》脱稿，曾托索非转请丰先生为这书写了封面题字，我不用说我得到他的手迹时的喜悦。"许钦文也有介绍，他在谈及书籍装帧艺术家陶元庆的逝世时说："陶元庆于1929年8月逝世，我们把他公葬在玉泉道旁，墓碑和'元庆园'三字都请丰先生写，因为大家喜欢看他的字。"丰子恺自述曾认真地临摹过《张猛龙碑》《龙门十二品》《魏齐造像》等许多碑帖。他认为：书法"是最高的艺术……艺术的主要原则之一，是用感觉领受。感觉中最高等的无过于眼和耳。诉于眼的艺术中，最纯正的无过于书法。诉于耳的艺术中，最纯正的无过于音乐。故书法与音乐，在一切艺术中占有最高的地位"。基于这样的认识，丰子恺一向很重视书法。他承认，在画笔滞顿时，总是要写写毛笔字，力求从书法艺术中领悟出一些作画的味道。对此，朱光潜给出了证据，他介绍说："书画在中国本有同源之说。子恺在书法上曾下过很久的工夫。他近来告诉我，他在习章草，每遇在画方面长进停滞时，他便写字，写了一些时候之后，再丢开来作画，发现画就有长进。懂书法的人都知道笔力须经过一番艰苦的训练才能沉着稳重，墨才能入纸，字挂起来看时才显得生动而坚实，虽像是龙飞凤舞，却仍能站得稳。"丰子恺漫画上的题书，其实也与其画是一对孪生兄弟。他的画如没有他的题书，绝不会有现在大家公认的美感。对于练习书法，丰子恺很看重精神与个性。他在《书法略说》中明确阐述道："一般人学书法，大都专拿碑帖来临摹，老是一笔一笔地照样描写。这方法很不好。因为这样只能学得字的皮毛，不能学得字的精神。要学字的精神，必须多看。"他又说："有些人写字，死板地临摹古人碑帖，学得同碑帖分不出来。这人决不能成为书法大家。因为依样画葫芦，失去了自己的个性。"其实，他撰写《书法略说》也是他重视普及书法的体现，文章从中国字的特色、书法的变化，到历代书法大家、碑帖的学法、笔的用法乃至行间与章法等都介绍得十分详细，对初学书法者具有很好的启发意义。

以往，对于这样一位辛勤播种者播下的"种子"的收集和整理，除了各地出版单位出版的各种文集、画集等之外，主要集中在20世纪90年代初浙江文艺出版社、浙江教育出版社联合出版的《丰子恺文集》（艺术卷四卷、文学卷三卷）和此后京华出版社出版的多卷本《丰子恺漫画全集》之中，此后又有《丰子恺全集》出版。诚然，以上文集、全集等已经为广大读者提供了作为现代中国的重要作家、画家、艺术教育家和翻译家的丰子恺的创作面貌。对于研究界而言，更全面准确认识、评判丰子恺的时代已经到来。但对于普通读者而言，读其作品，并感悟其人生与艺术的态度，除了精读文本之外，或许还可以用别种方式来获取，出版社也可以用别样的呈现方式来实现，以期使读者在丰子恺的作品中更清晰明了地领悟其在为人处世和在艺术上的精妙之处，并由衷地体会其作为艺术家的真率和对世间万物丰富的爱。

　　所谓别种呈现方式，在以往也有不少人在尝试。比如在编选方面，以漫画为例，有诸如儿童、社会、护生等专题画集；在作品诠释方面，既有对于其漫画的文字寻绎，也有对其经典随笔作品的品读笔记等。诚然，这些尝试都有助于读者对丰子恺的理解，但有一种方式则相对比较别致，即以丰子恺经典语录汇编的形式展现其对人生与艺术的态度。这样的尝试，丰子恺长子丰华瞻、长女丰陈宝都做过。前者出版了《丰子恺论艺术》，后者在刊物上发表过丰子恺艺术语录。二者的共同特点都是在丰子恺浩瀚的艺术文献中选取最值得记取的经典段落，从中凸显丰子恺的艺术见解，有益于读者把握丰子恺的艺术观念和人生追求。这样做的好处，很可以采用他人对丰子恺的评判来作一反证。评论家们对丰子恺人生与艺术的评论可谓多矣，但人们却往往记住的是评论家们评论文章中的经典段落。比如评论家论丰子恺漫画，俞平伯"以诗题作画料，自古有之；然而借西洋画的笔调写中国诗境的，以我所知尚未曾有。有之，自足下始""'漫画'，在中国实是一创格；既有中国画风的萧疏淡远，又不失西洋画法的活泼酣姿……譬如青天行白云，卷舒自如"；朱自清"一幅幅的漫画，就如同一首首的小诗——带核儿的小诗。你将诗的世界东一鳞西一爪地揭露出来，我们这就像吃橄榄似的，老觉着那味儿"；泰戈尔"丰子恺的漫画是诗与画的具体结合，也是一种创造……高度艺术所表现的境地，就是这样"。无论是在哪个时期，这些论述，几乎都成了人们评判丰子恺漫画的经典名句。其实，丰子恺自己的精彩语录也是如此，一句或一段经典说词，往往就能传递生活或艺术的真谛。比如丰子恺谈艺术："大艺术家的少年时代必然富有艺术的素养。倒转来说：少年时代必须充分具有艺术的环境与教养，长大起来才能成为大艺术家。"（这是在总结了艺术家成长规律后得出的具有普遍性意义的结论）再比如他谈人生："做人不能全为实利打算。全为实利打算，换言之，就是只要便宜。充其极端，做人全无感情，全无意气，全无趣味，而人就变成枯燥、死板、冷酷、无情的一种动物。这就不是'生活'，而仅是一种'生存'了。"（如今国家大力张扬美育，此语实可谓是十分通俗易解的阐释）如此等等，丰子恺的人生与艺术语录，充满着人生睿智和艺术真谛，是如今人们感悟人生、发扬艺术的绝好的"通俗教材"。

本书是丰子恺幼女丰一吟老师从丰子恺著述中精选出来的语录，取书名《丰子恺话人生》，内容涉及丰子恺谈艺术、谈绘画、谈文学、谈音乐、谈书法与金石、谈诗词、谈儿童、谈人生哲理与抗战、谈闲情和谈弘一与宗教。就艺术与人生而言，实可谓无所不谈了。相比较丰华瞻和丰陈宝的选本，此集更为全面，含括内容更广泛。如果说当年丰子恺见到日本漫画家竹久梦二的画作时，以为读其画，胸襟为之一畅，"仿佛苦热中的一杯冷咖啡"，那么我相信，如今读者在读了这些丰子恺有关艺术与人生的语录时，亦会像在困倦的午后品尝了一杯香浓的甜咖啡，顿觉身心为之一振：人生和艺术是那么美好！

2018 年 9 月 22 日于杭州

---

*"序"作者系杭州师范大学教授、弘一大师·丰子恺研究中心主任。

目录

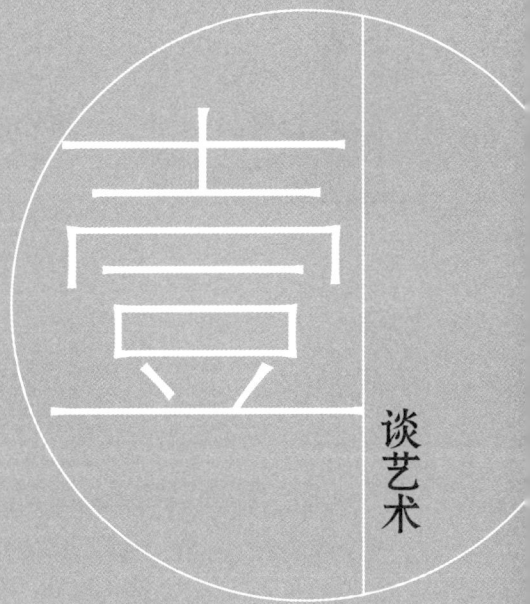

壹

谈艺术

儿童看见月亮，说是一只银钩子。诗人也说"一钩新月挂梧桐"。儿童看见云，当它是山。诗人也说"青山断处借云连"。但儿童是真个把新月当作银钩子，有时会哭着要拿下来玩，真个把云当作山，有时会哭着要爬上去玩。艺术家则不然，他但把眼前景物如是描写，使它发生趣味。在人生中，趣味实在是一件重要的事体，如果没有趣味，件件事老老实实地、实实惠惠地做，生活就嫌枯燥。这也是人生需要艺术的原因之一。

——《艺术的眼光》

画人分为两种：具有艺术思想，能表现人生观的，称为"画家"，是可敬佩的。没有思想，只有技巧的，称为"画匠"。

——《一饭之恩》

"感情移入"说的意思，是说我们把移入于自然物象中的感情当作物象所有的客观的性质而感受，因而得到美感。更进一步，我们把自然当作我们的心的展开的原因而感受，就可把自然看作"绝对精神"了。何以故？因为在这时候我们必然是把自然看作我们的真的根元的。这是艺术的意识所必经的道程。

——《中国美术的优胜》

艺术创作的时候，必先从某自然中受到一种灵感，然后从事发现。全无何等灵感而动手刻划描写，其工作不成为艺术，而仅为匠人之事。倘学画的人只知多描，学诗的人只知多作，而皆闲却了用心用眼的工夫，其事业便舍本而逐末，而事倍功半了。在艺术创作上，灵感为主而表现为从，即观察为主而描写为从，亦即眼为主而手为从。故勤描写生，不如多观自然；勤调平仄，不如多读书籍。胸襟既广，眼力既高，手笔自然会进步而超越起来。所以古人学画，有"读万卷书，行万里路"的训话。可知艺术完全是心灵的事业，不是技巧的工夫。

——《新艺术》

在真的艺术心看来，世界是活动，自然是具有灵气的。邓椿的《画继》中说"世徒知人之有神，而不知物之有神"，明示着艺术家的根本精神的"自然的生命观"，"世界的活物观"的意义，诚可谓明达之言！

——《中国美术的优胜》

先有了可贵的感想，再用巧妙的言语来表出，即成为好诗。用巧妙的形状色彩来表出，即成为好画。这好诗与好画便是好"艺术"。不然，倘只有美德（即只有可贵的感想）而没有技术（即巧妙的心手），其人固然可敬，但还未为艺术家。

——《桂林艺术讲话之二》

相当的夸张不但为艺术所许可，而且是必要的。因为这是绘画的灵魂所在的地方。

——《画鬼》

我们爱好艺术的人，常常追求高等感觉的快美。所以欢喜看画，欢喜读书，欢喜听乐，欢喜看戏。

——《我的烧香癖》

我不爱这办法。把天空遨翔的动物禁锢在立方尺内，让它哀鸣挣扎，而认为乐事，到底不是好办法。与其养鸟，远不如点香。

——《我的烧香癖》

必须是多数人共感的美，方能成为艺术。同感的人愈多，其艺术愈伟大。

——《艺术的性状》

我教艺术科，主张不求直接效果，而注重间接效果。不求学生能作直接有用之画，但求涵养其爱美之心。

——《教师日记》

大艺术家的少年时代必然富有艺术的素养。倒转来说：少年时代必须充分具有艺术的环境与教养，长大起来才能成为大艺术家。

——《画家的少年时代》

摹仿照相而画的低级绘画，不是艺术的绘画。因为这里面只有客观的形象而没有主观的创意。用主观的创意来描写的人物风景并重的绘画，才是艺术品。

——《读丐师札记》

美术家不拘严肃之礼仪，行止自由，饮食自由，都不肯注意于经济便宜礼貌等事，亦都不肯事生产作业之事。缘此皆妨其身体之自由也。故美术家宜为游荡之生活，无时间之拘束乃可。

——《画家之生命》

美术家有怪僻之嗜好，必须培之，不可力遏之。

——《画家之生命》

"多样统一"的原则，就是说过于多样的散乱，过于统一的散乱，均不美，又多样，又统一，方才发生美感。五加五是统一而无变化，一加九是变化而不统一，三加七或六加四，才是又统一，又多样。

——《美术的照相》

折取一枝城裏去
教人知道是春深

子愷畫

艺术不是技巧的事业，而是心灵的事业；不是世间事业的一部分，而是超然于世间之表的一种最高等人类的活动。故艺术不是职业，画家不是职业。故画不是商品，不是实用品。故练画不是练手腕的，是练心灵的。看画不是用眼睛看的，是用心灵看的。

——《西洋画的看法》

所谓艺术的生活，就是把创作艺术、鉴赏艺术的态度来应用在人生中，即教人在日常生活中看出艺术的情味来。

——《关于学校中的艺术科》

"生活"是大艺术品。绘画与音乐是小艺术品，是生活的大艺术品的副产物。故必有艺术的生活者，方得有真的艺术的作品。

——《关于学校中的艺术科》

知识、道德，在人世间固然必要；然倘缺乏这种艺术的生活，纯粹的知识与道德全是枯燥的法则的纲。这纲愈加繁多，人生愈加狭隘。

——《关于学校中的艺术科》

"人生短，艺术长。"艺术教育，就是教人以这艺术的生活的。

——《关于学校中的艺术科》

艺术教育是很重大很广泛的一种人的教育。

——《关于学校中的艺术科》

凡事不耐劳苦，决不能得丰富的收成：贪图小成，往往失去大利；趣味低浅，决不能亲近高尚的艺术。

——《关于儿童教育》

平常的人，平常的地方，平常的东西，都有美的样子。

——《西洋名画巡礼》

写生画是"真实的画"。熟练了写生画之后，别的画就都会描。

——《西洋名画巡礼》

在画家，"气韵生动"是作画的根本义，苦心经营，都为了这点。

——《中国美术的优胜》

谐调的画面,即"多样统一"的境地。"多样统一"者,就是各块,各线,各点,大小,形状,性质各异,而全体却又融合为一。这就是所谓"一有多种,二无两般"(《碧岩颂》)的妙理。所谓"一即二,二即一",所谓"一多相",似是佛经上的玄妙之谈,其实并无什么玄妙,并不荒唐,也并不难懂。在我们日常所接触的艺术的绘画中,处处可以证实这个道理。

红了樱桃绿了芭蕉

——《西洋画的看法》

　　我以为美术家与民众可以直接交通。美术家可以直接向民众宣传,为民众说教。

——《对于全国美展的希望》

　　制作漫画,必须先立意,后用笔。换言之,即学习漫画,第一要修养思想,第二要修养技术。这两种修养,缺一不可。

——《漫画的学程》

　　美的滋味,在口上和笔上决不能说出,只得由各人自己去实地感受了。

——《从梅花说到美》

有人说：人们不是为了悲哀而哭泣，乃为了哭泣而悲哀。在艺术上也有同样的情形：人们不是感到了自然的美而表现为绘画，乃表现了绘画而感到自然的美。

——《从梅花说到艺术》

世间往往有出了许多力，费了许多金钱，而反受识者的讥笑的愚举。富商的家里购备着红木的家具，然不解趣味，其陈设往往恶俗不堪。好时髦的女郎盲从流行而竞尚新装，然不辨美恶，有时反而难看，其徒劳着实可怜！

——《为什么学图画》

所谓感情移入，就是说我们对于美的自然或艺术品，能把自己的感情移入于其中，没入于其中，与之共鸣共感，这时候就经验到美的滋味。我们又可知这种自我投入的行为，在儿童的生活中为最多。他们往往把兴趣深深地没入在游戏中，而忘却自己的饥寒与疲劳。

——《美与同情》

世界倘没有了美术，人生将何等寂寥而枯燥！美术是感情的产物，是人生的慰安。它能用慰安的方式来潜移默化我们的感情。

——《绘画之用》

现代人要求艺术与生活的接近。中国画在现代何必一味躲在深山中赞美自然，也不妨到红尘间来高歌人生的悲欢，使艺术与人生的关系愈加密切，岂不更好？

——《谈中国画》

自古以来的一切艺术都是宣传。

——《从孩到店》

技术是日积月累的功夫，不是可以取巧的。

——《为中学生谈艺术科学习法》

艺术家要在自然中看出生命，要在一草一木中发见自己，故必推广其同情心，普及于一切自然，有情化一切自然。

——《颜面》

美术是用眼观赏的形式与色彩所构成的艺术，音乐与之相对，是用耳听赏的声音所构成的艺术。

——《音乐的意义》

艺术对于人心都有很大的感化力。音乐为最微妙而神秘的艺术。故其对于人生的潜移默化之力也最大。

——《音乐与人生》

真的美术的绘画，其本质是"美"的。美是感情的，不是知识的，是欣赏的，不是实用的。所以画家但求表现其在人生自然中所发现的美，不是教人一种知识；看画的人，也只要用感情去欣赏其美，不可用知识去探究其实用。真的绘画，除了表现与欣赏之外，没有别的实际的目的。

——《绘画之用》

"艺术"与"艺术家"兴，而艺术始衰矣！出"艺术"之深宫，辞"艺术家"之尊位，对稚子而教之习艺，执途人而与之论美，谈言微中，亦足以启发其生知之本领，而归复其人生之常情。是则事事皆可成艺术，而人人皆得为艺术家也。

——《艺术漫谈·序》

卑俗的美，一见触目荡心，再看时一览无遗，三看令人欲呕。高尚的美，则初见时似无足观，或竟嫌其不美，细看则渐入佳境，终于令人百看不厌。

——《为中学生谈艺术科学习法》

美术是为了眼睛的要求而产生的一种文化。故人生的衣食住行，从表面看来，好像和眼睛都没有关系，其实件件都同眼睛有关。越是文明进步的人，眼睛的要求越是大。

——《图画与人生》

　　面包是肉体的食粮，美术是精神的食粮。没有了面包，人的肉体要死。没有了美术，人的精神也要死。

——《图画与人生》

　　人生不一定要画苹果，香蕉，花瓶，茶壶。原不过要借这种研究来训练人的眼睛，使眼睛正确而又敏感，真而又美。然而拿这真和美来应用在人的物质生活上，使衣食住行都美化起来；应用在人的精神生活上，使人生的趣味丰富起来，这就是所谓"艺术的陶冶"。

——《图画与人生》

　　有生即有情，有情即有艺术。故艺术非专科，乃人人所本能；艺术无专家，人人皆生知也。

——《艺术漫谈·序》

艺术家必须以艺术为生活。换言之，必须把艺术活用于生活中。这就是用处理艺术的态度来处理人生，用写生画的看法来观看世间。因此艺术的同情心特别丰富，艺术家的博爱心特别广大，即艺术家必为仁者，故艺术家必惜物护生。

——《桂林艺术讲话之一》

　　文艺之事，无论绘画，无论文学，无论音乐，都要与生活相关联，都要是生活的反映，都要具有艺术的形式，表现的技巧，与最重要的思想感情。艺术缺乏了这一点，就都变成机械的、无聊的雕虫小技。

——《版画与儿童画》

　　"艺术家"不限于画家，诗人，音乐家等人。广义地说，胸怀芬芳悱恻，以全人类为心的大人格者，即使不通一笔，不吟一字，不唱一句，正是最伟大的艺术家，体会"自古皆有死，民无信不立"之理，而在这神圣抗战中见义勇为，作壮烈之牺牲者，正是最伟大的艺术家之一。

——《桂林艺术讲话之一》

　　真正的艺术，必兼备"善"和"巧"两条件。善而不巧固然作不出艺术来，巧而不善更没有艺术的资格。善而又巧，巧而又善，方可称为艺术。

——《桂林艺术讲话之二》

艺术能自然地减杀人的物质迷恋，提高人的精神生活。

——《艺术必能建国》

道德与艺术异途同归。所差异者，道德由于意志，艺术由于感情。故"立意"做合乎天理的事，便是"道德"。"情愿"做合乎天理的事，便是"艺术"。

——《艺术必能建国》

艺术家的修养工夫，由此亦可想而知：先须具有芬芳的胸怀，高尚的德性，然后磨练听觉、视觉、筋觉。如此，方可成为健全的艺术家。

——《桂林艺术讲话之二》

世人往往把"美"与"奇"两字混在一起，搅不清楚。其实奇是罕有少见，不一定美。美是具足圆满，不一定需要奇。

——《桂林的山》

美好比健康，艺术好比卫生。卫生使身体健康，艺术使精神美化。健康必须是全身的。倘只是一手一足特别发达，其人即成畸形。美化也必须是全心的。倘只能描画唱歌，则其人即成机械。故描画唱歌，只是艺术的心的有形的表示而已。此犹竞技赛跑，只是健康的身体的一时的表现而已。除此以外，健康的身体无时不健，艺术的精神无时不美。可知艺术给人一种美的精神，这精神支配人的全部生活。故直说一句，艺术就是道德，感情的道德。

只是青云浮水上数人
错认作山看 子恺

——《艺术必能建国》

艺术中的图画音乐，实用也不多，有谁在生活中必须常常画图唱歌呢？然而学生非学不可，盖欲借此涵养德性，使生活美化也。故艺术科的主要目的物不是一张画一曲歌，而是其涵养之功。

——《桂林艺术讲话之三》

譬如今有一竹篮饭，一木碗羹，得了可以活，不得便饿死。你倘拿来送给饿人吃，骂他几句然后送给他，即使是路人也不愿受。踢他几脚然后送给他，即使是乞丐也不要吃你的。——可见人要求食，但更要求礼。倘非礼，宁愿不食而死。由此可知精神生活比物质生活更重。

——《艺术必能建国》

今日学校的课程表里添加图画一小时与音乐二小时，犹之中医的药方里添写陈皮两张，甘草三分，可得可失，无关紧要。……艺术

楊柳插檐頭

能看春多少

子愷畫

緣緣堂再製

1948.六七

科何以如此不见长进？这是因为师资缺乏，教学法不良，一向偏重艺术的末技而忽略艺术的精神的原故。

——《工艺术》

富人之工艺品，滥用象牙、红木，滥施细工。误将物价当作艺术价值（其评画更如此），错认复杂困难为美，所谓"出力不讨好"者，可笑而复可怜。

——《工艺术》

圆满的人格好比一个鼎，"真、善、美"好比鼎的三足。缺了一足，鼎就站不住，而三者之中，相互的关系又如下："真"、"善"为"美"的基础；"美"是"真"、"善"的完成。"真"、"善"好比人体的骨骼，"美"好比人体的皮肉。

——《艺术与艺术家》

科学追求真，道德追求善，艺术追求美。人生必须学艺术，便是为求人格的圆满。真，善，美，这三者，互相关联，三位一体；但是性状完全不同。

——《艺术的学习法》

艺术的性状特别，内容很严肃而外貌又很和爱，不像道德法律等似的内外一致。因此浅见的人容易上当，以为艺术只是一种消闲娱乐的装饰品。好比小孩子初次看见金鸡纳霜片，舐舐看甜津津的，只当它是一粒糖，不知道里面含有药。只当它是糖果之类的闲食，不知道它有歼灭病菌、澄清血液、健康身体的大功用呢。所以现在我们要清理艺术观念，非把这颗金鸡纳霜打开来，使糖和药分别一下不可。

——《桂林艺术讲话之二》

　　要学艺术，必须懂得用"情"，不要老是把心的"知"和"意"两方面向着世间。要常把"情"的一方面转出来向着世间。这样，艺术才能和你发生关系，而你的生活必定增加一种趣味。

——《艺术的学习法》

　　"艺术是人生的反映"，这是颠扑不破的定理。所以艺术表现法愈切实，其所反映的人生愈亲密，愈周到。

——《现代艺术二大流派》

　　如要学习艺术，须能另换一种与平常不同的态度来对付世间。眼睛要能看见形象的本身。耳朵要能听到声音的本身。心思要能像儿童一般天真烂漫。

——《艺术的学习法》

东洋艺术重主观，西洋艺术重客观。东洋艺术为诗的，西洋艺术为剧的。故在绘画上，中国画重神韵，西洋画重形似。

——《中国画与西洋画》

"艺术是美的理想表现" "艺术是真善美十全具足的表现"，这也是颠扑不破的真理。

——《现代艺术二大流派》

我一向抱着一种信念："艺术是生活的反映。"我确信时代无论如何变化，这道理一定不易。

——《艺术的展望》

西洋某学者说："造物给人才能时，科学的才能是数次分给的，所以越是后来的人所得越多；文艺的才能是一次总付的，所以古人便宜。"我相信这神话寓言式的理论。我觉得画法值得"师古"。然而所师的是古人的抽象的"法"，并不是具体的"形"。多数的中国画家依样画葫芦地模仿古人的"形"，就变成"泥古"。

——《评中国的画风》

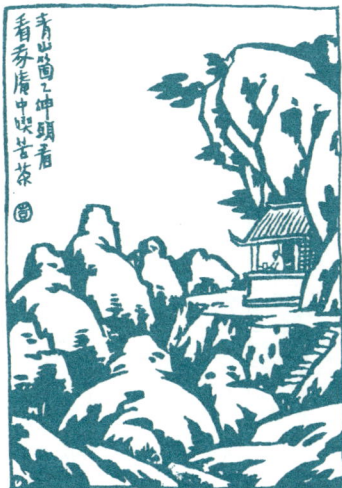

美术是人生的"乐园"，儿童是人生的"黄金时代"。然而出了黄金时代，美术的乐园就减色，可胜叹哉！

——《视觉的粮食》

　　我们不欢迎"为艺术的艺术"，也不欢迎"为人生的艺术"。我们要求"艺术的人生"与"人生的艺术"。

——《艺术与人生》

　　女性们煞费苦心于自己的身体的装饰。头发烫也不惜，胸臂冻也不妨，脚尖痛也不怕。然而真的女性的美，全不在乎她们所苦心经营的装饰上。我们反在她们所不注意的地方发现她们的美。不但如此，她们所苦心经营的装饰，反而妨碍了她们的真的女性的美。

——《自然》

　　乞丐所有的姿态的美，屡比富贵之人丰富得多。试入所谓上流的交际社会中，看那班所谓"绅士"、所谓"人物"的样子，点头、拱手、揖让、进退等种种不自然的举动，以及脸的外皮上硬装出来的笑容，敷衍应酬的不由衷的言语，实在滑稽得可笑，我每觉得这种是演剧，不是人的生活。

——《自然》

美学上所谓"多样的统一"，就是说多样的事物，合于自然之律而作成统一，是美的状态。

——《自然》

论文学的人说，"文章本天成，妙手偶得之"；论绘画的人说，"天机勃露，独得于笔情墨趣之外"。"美"都是"神"的手所造的，假手于"神"而造美的，是艺术家。

——《自然》

黄金比例在美学上是可贵的，同时在实际上也是得用的。

——《自然》

我在贫乏而粗末的自己的书房里，常常喜欢作这玩意儿。把几件粗陋的家具搬来搬去，一月中总要搬数回。搬到痰盂不能移动一寸，脸盆架子不能旋转一度的时候，便有很妥帖的位置出现了。那时候我自己坐在主眼的座上，环视上下四周，君临一切。觉得一切都朝宗于我，一切都为我尽其职司，如百官之朝天，众星之拱北辰。就是墙上一只很小的钉，望去也似乎居相当的位置，对全体为有机的一员，对我尽专任的职司。我统御这个天下，想象南面王的气概，得到几天的快适。

——《闲居》

有一次我闲居在自己的房间里，曾经对自鸣钟寻了一回开心。自鸣钟这个东西，在都会里差不多可说是无处不有，无人不备的了。然而它这张脸皮，我看惯了真讨厌得很。罗马字的还算好看；我房间里的一只，又是粗大的数学码子的。数学的九个字，我见了最头痛，谁愿意每天做数学呢！有一天，大概是闲日月中的闲日，我就从墙壁上请它下来，拿油画颜料把它的脸皮涂成天蓝色，在上面画几根绿的杨柳枝，又用硬的黑纸剪成两只飞燕，用浆糊黏住在两只针的尖头上。这样一来，就变成了两只燕子飞逐在杨柳中间的一幅圆额的油画了。凡在三点二十几分、八点三十几分等时候，画的构图就非常妥帖，因为两只飞燕适在全幅中稍偏的位置，而且追随在一块，画面就保住均衡了。

——《闲居》

美术是为人生的。人生走到哪里，美术跟到哪里。

——《我与手头字》

譬如有三只苹果，……要写生它们，给它们安排成一个可以入画的美的位置，——两个靠拢在后方一面，余一个稍离开在前方，——望去恰好的时候，就是所谓"多样的统一"，是美的。要统一，又要多样；要规则，又要不规则；要不规则的规则，规则的不规则；要一中有多，多中有一。这是艺术的三昧境！

——《艺术三昧》

现今我国大多数的人，大家把"艺术的"及"美的"等字误解、曲解，认为奢侈，浮靡，时髦，甚至香艳的意思。

——《房间艺术》

花终于要凋谢，人终于要老死，这种感伤也可同归于尽。只有从这些感伤发出来的诗词，永远生存在这世间，不绝地引起后人的共鸣。"人生短，艺术长"，其此之谓欤？

——《看残菊有感》

要讲艺术鉴赏，先须明白艺术的性状。人人都会说什么"艺术学校""艺术科""艺术家"，可是所谓"艺术"的真相，决不是俗眼能梦见的。因为俗人的眼沉淀在这尘世的里巷市井之间，而艺术则高超于尘世之表。故必须能提神于太虚而俯瞰万物的人，方能看见"艺术"的真面目。何谓"高超于尘世之表"呢？就绘画而说，画家作画的时候，把眼前森罗万象当作一片大自然的 page（页），而决不想起其各事物的对于世间人类的效用与关系。画家的头脑，是"全新的"头脑，毫无一点世间的陈见；画家的眼，是"洁净"的眼，毫无一点世智的尘埃。故画家作画的时候张开眼来，所见的是一片全不知名，全无实用，而又庄严灿烂的乐土。这是一个全新的世界，美的世界，无为的世界，无用的世界。山是屏，川是带，不是地理上、交通上的部分，树是装饰，不是有用的果树或木材，房屋是玩具，不是住人的家；田野是大地的衣襟，不是稻麦的产地，路是地的静脉管，不是可以行人的道，路上行人的往来都是演剧，游戏，不是干事。牛，羊，鸡，犬，鱼，鸟，都是这大自然的点缀，不是有用处的畜牧。——有了这样的心境与眼光，方然能面见"美"的姿，感激欢喜地把这"美"的姿描在画布上，就成为叫做"绘画"的一种"艺术"。

——《西洋画的看法》

唐人诗句："须知诸相皆非相，能使无情尽有情。"上联说佛经，下联说艺术，很可表明弘一法师由艺术升华到宗教的意义。艺术家看见花笑，听见鸟语，举杯邀明月，开门迎白云，能把自然当作人看，能化无情为有情，这便是"物我一体"的境界。更进一步，便是"万法从心"、"诸相非相"的佛教真谛了。故艺术的最高点与宗教相通。最高的艺术家有言："无声之诗无一字，无形之画无一笔。"

——《我与弘一法师》

中国古书中，曾把音乐也归入美术范围内。则美术仿佛就是艺术。但我主张美术的范围应限于视觉艺术，即所谓造型美术。艺术旧有八

种，即文学、音乐、演剧、舞蹈、绘画、雕刻、建筑、工艺。近添照相、电影二种。我主张在中国应再添书法、金石二种，则共得十二种。这一打艺术中，只除了文学与音乐与眼睛无关外，其余的十种均用眼睛鉴赏。不过其中演剧、舞蹈、电影三种用眼睛之外又兼用耳，称为综合艺术。其余的七种，即画、雕、建、工、照、书、金，则全用眼睛，为纯粹的视觉艺术，即造型美术。

——《教师日记》

"先器识而后文艺"，译为现代话，大约是"首重人格修养，次重文艺学习"，更具体地说，"要做一个好文艺家，必先做一个好人"。

——《先器识而后文艺——李叔同先生的文艺观》

乘此抗战建国之期，我欲使中国艺术教育开辟一新纪元：扫除以前一切幼稚，生硬，空虚，孤立等流弊，务使与中国人生活密切关联，而在中国全般教育中为一有机体。

——《教师日记》

予谓最近中国之艺术家，有许多已变成西洋人。他们学得西洋艺术之皮毛，欲硬把此皮毛种植于中土，而混忘其为中国人，诚可笑也。艺术如此生吞活剥，艺术教育遂游离人生，而成为一种具文。普通中学校之图画，见者皆说"我们外行看不懂"。普通中学之音乐，闻此皆说"我们外行听不懂"。此是何等不合理、不调和状态！实非改革不可。

——《教师日记》

艺术不是孤独的，必须与人生相关联。美不是形式的，必须与真善相鼎立。

——《教师日记》

艺术教育的原理是因为艺术是人生不可少的安慰，又是比社会大问题的真和科学知识的真更加完全的真，直接了解事物的真相，养成开豁胸襟的力量，确是社会极重要的事件。

——《艺术教育的原理》

艺术是绝缘的，这绝缘便是美的境地……

——《艺术教育的原理》

艺术品犹米麦医药，米麦贱卖可使大众皆得疗饥，医药贱卖可使大众皆得疗疾，艺术品贱卖亦可使大众皆得欣赏。米麦和医药决不因贱卖而失却其营养与治疗之效能，艺术品亦决不因贱卖而降低其艺术的价值。盖"艺术的价值"与"艺术品价值"原为两件事也。

——书信《致谢颂羔》

贰

谈绘画

要做画家，先要做一个善良的人。不但学画是这样，一切学问都是这样的。

——《西洋名画巡礼》

描的画要使世界上千年万古的人看了都感动，不可描几年之间的人所喜欢的画。

——《西洋名画巡礼》

主题只有一个，不可以有两个。主题要放在画中最好的地方。放在中央觉得太呆板，放在角上觉得太偏僻。放在不偏不中的地方，……算最好看。

——《西洋名画巡礼》

绘事非寻常学问可拟也。研究之法，因之与他事不同。凡寻常学问，若能聪明加以勤勉，未有不济者。独于学画则不可概论。天资、学力二者固不可缺，然重于此者尚多。盖一画之成，非仅模仿自然，必加以画家之感兴，而后能遗貌取神。故画者以自然物之状态，由画家之头脑画化之，即为所成之艺术品也。

——《画家之生命》

远近法之有无，实为西画与国画之主要异点。……画中的远近法，正好比文中的文法，伦理观念清楚的，不学文法也能作文。透视观念清楚的，不学远近法也能作画。

——《教师日记》

　　意志、身体、时间既能自由矣，若无独立之趣味，则或流于卑下。趣味即画家之感兴也。一画家之感兴，不当与凡众相同。此虽属抽象之语，实系最紧要之事，关于技术上之影响甚巨。学画而无独立趣味，虽研究数十年，一老匠耳。

——《画家之生命》

　　自然之美盈前，取之无禁，用之不竭，何自苦而必欲临摹他人之作耶？

——《忠实之写生》

　　绘画必从写生入手。人物是写生的最好材料。这校舍正在建筑中，各种工人来来往往，有各种服装，各种姿势。这都是我们的写生范本。希望你们于课余之暇，用小册速写各种人物的姿势，当比教室中的上课得益更多。但速写时须注意一事：将两眼稍稍闭合，看取人物的大

体姿势，而删去其细部。切勿注目于细目而不顾大体。

——《教师日记》

肖似不是绘画的主要目的，不是绘画好坏的标准。

——《谈像》

模仿不是绘画的主要目的，绘画中所描写出的自然物，不是真的自然物的照样的模仿，而是经过"变形"，经过"美化"后的自然物。所以要"变形"要"美化"者，就是为了要使之"悦目"。故绘画是美的形与色的创造，是主观的心的表现，故绘画是"创作"。

——《谈像》

艺术是从自然产生的，绘画必须忠实写生自然，方能成为艺术。

——《我的学画》

我的意思，是学画必须从写生入手，不可徒事临摹他人的作品。因为画的生命存在于物象中，决不存在于画帖中。

——《七巧板》

画帖上第一重要的事，是大体姿态的描写，物象的神气端在于此，绘画的生命端在于此。有了大体，即使细部忽略，亦无大碍。反之，大体不正，即使细部十分精详，亦属徒劳。

——《七巧板》

　　看电影要坐得远，看画要退远几步，也都是为了远看能见其大体，能见其神气的原故。可知物象的神气，不在细部而在大体。描画而欲得神，必须注重大体姿态的描写。

——《七巧板》

　　古人作画，原是写古人自己的时代的装束，自己的环境中的生活状态的。……如今画家作画不肯写生，一味抄描古本，或想象古代，根本上已经违反了古大家的教训。

——《评中国的画风》

　　我小时在写生世界中，把人不当作人看，而当作静物或景物看。似觉这世间只有我一个是人。除了我一个人之外，眼前森罗万象一切都是供我研究的写生模型。我把我的先生，我的长辈，我的朋友，看作与花瓶、茶壶、罐头同类的东西。我的师友戚族听到这句话或将骂

我无礼，我的读者看到这句话或将讥我傲慢，其实非也：这是我在写生世界里的看法。写生世界犹似梦境，梦中杀人也无罪。况且我曾把书架上的花瓶、茶壶、罐头等静物恭敬地当作人看，现在不过是掉换一个地位罢了。

——《写生世界》

学画的人，应该用谦虚的心，明净的眼，向"自然"中探求珍贵的启示。那么你就知道"自然"是艺术的宝库，野外是天然的画室了。

——《野外写生》

眼睛和嘴巴，有相同的地方，有相异的地方，又有相关联的地方：相同的地方在哪里呢？我们用嘴巴吃食物，可以营养肉体；我们用眼睛看美景，可以营养精神。——营养这一点是相同的。

——《图画与人生》

我读《人体描法》，读到普通人的眼睛都生在头长的二等分处一原则，最初不相信，以为眼总是生在头的上半部的。后来用铅笔向人头实际测量，果然从头顶至眼之长等于从眼至下颚之长，我非常感佩！……眼的上面非常寂寞，而下面非常热闹，便使我错认眼是生在头的。实则眼都位在头的正中。发育未完的儿童，甚至位在下部三分之一处。我知道了这原则，欢喜之极！

——《写生世界》

我始终确信，绘画以"肖似"为起码条件，同人生以衣食为起码条件一样。谋衣食固然不及讲学问道德一般清高。然而衣食不足，学问道德无从讲起，除非伯夷叔齐之流。学画也是如此，单求肖似固然不及讲笔法气韵的清高。然而不肖似物象，笔法气韵亦无从寄托。

——《视觉的粮食》

图画同人生的关系，就只是"看看"。……"看看"，好像是很不重要的一件事，其实同衣食住行四大事一样重要。这不是我在这里说大话，你只要问你自己的眼睛，便知道。眼睛这件东西，实在很奇怪：看来好像不要吃饭，不要穿衣，不要住房子，不要乘火车，其实对于衣食住行四大事，它都有份，都要干涉。人皆以为嘴巴要吃，身体要穿，人生为衣食而奔走，其实眼睛也要吃，也要穿，还有种种要求，比嘴巴和身体更难服侍呢。

——《图画与人生》

晓风残月

看见一片美丽的风景，心里觉得愉快；看见一张美丽的图画，心里觉得欢喜。这都是营养精神的。所以我们可以说：嘴巴是肉体的嘴巴，眼睛是精神的嘴巴——二者同是吸收养料的器官。

——《图画与人生》

绘画表现也同音乐演奏一样，是可一而不可再的。音乐演奏的趣致各人不同，而同一人演奏同一曲，今日与昨日趣致也不同，日间和夜间趣致又不同。描画何尝不然？兴到下笔，其画自有趣致；后来依样临摹，趣致就完全不同，有时竟成另一幅了。兴到下笔时，必须放胆，其画方有精神，若存畏缩之心，手腕发抖，趣致便表现不出来。

——《我的画具》

绘画题材的开放，是现代艺术所要求的，是现代人所希望的。把具有数千年的发展史和特殊的中国画限制于自然描写，是可惜的事！我们中国的绘画技法，实在是可矜贵的。那奔放的线条，明丽的色彩，强烈的印象和清醒的布局，在世界画坛上放着异彩。

——《谈中国画》

古人云："诗人言简而意繁。"我觉得这句话可以拿来准绳我所欢喜的漫画。我以为漫画好比文学中的绝句，字数少而精，含义深而长。

——《漫画艺术的欣赏》

"漫画"式样很多，定义不一。简单的，小型的，单色的，讽刺的，抒情的，描写的，滑稽的……都是漫画的属性。……但我以为"漫画"

的范围和定义不规定亦无不可，本来是"漫"的"画"规定了也许反不自然。只要不为无聊的笔墨游戏，而含有一点"人生"的意味，都有存在的价值，都可以称为"漫画"的。

——《漫画艺术的欣赏》

漫画是思想美和造型美的综合艺术，故学习时不能像普通学画地单从写生基本练习入手。它的基本练习有两方面：一方面是技术的修炼，与普通学画同，练习铅笔静物写生，木炭石膏模型写生，或人体写生。另一方面是思想的修炼，如何修炼，却很难说。因为这里包括见闻、经验、眼光、悟性等人生全体的修养，不是一朝一夕的能事，勉强要说，只得借董其昌的话："读万卷书，行万里路。"

——《漫画艺术的欣赏》

人都说我是中国漫画的创始者。这话未必尽然。我小时候，《太平洋画报》上发表陈师曾的小幅简笔画《落日放船好》、《独树老人家》等，寥寥数笔，余趣无穷，给我很深的印象。我认为这算是中国漫画的始源。不过那时候不用漫画的名称。所以世人不知"师曾漫画"，而只知"子恺漫画"。

漫画二字，的确是在我的画上开始用起的，但也不是我自称，却是别人代定的。……所以我不能承认自己是中国漫画的创始者，我只承认漫画二字是在我的书上开始用起的。

——《漫画创作二十年》

恍悟古人之言："意到笔不到"，真非欺人之谈。作画意在笔先。只要意到，笔不妨不到；非但笔不妨不到，有时笔到了反而累赘。缺乏艺术趣味的人，看了我的画惊讶地叫道："咦，这人只有一个嘴巴，没有眼睛！""咦！这人的四根手指粘成一块的！"甚至有更细心的人说："眼镜玻璃后面怎么不见眼睛？"对于他们，我实在无法解嘲，只得置之不理，管自读诗读词捕捉幻象，描写我的漫画。

——《漫画创作二十年》

这些画我今日看了，一腔热血还能沸腾起来，忘记了老之将至，这就是《办公室》《阿宝两只脚凳子四只脚》《妹妹新娘子，弟弟新官人》《小母亲》《爸爸回来了》等作品。这些画的模特儿——阿宝，瞻瞻，软软——现在都已变成大学生，我也垂垂老矣。然而老的是身体，灵魂永远不老。最近我重描这些画的时候，仿佛觉得年光倒流，返老还童。从前的憧憬，依然活跃在我的心中了。

——《漫画创作二十年》

西湖歸車 子愷畫

緣緣堂畫集

对于平剧（当时首都是南京，北京还不是首都，所以被称为北平。——编者）象征的表现，我很赞赏，为的是我的漫画的省略的笔法相似之故。我画人像，脸孔上大都只画一只嘴巴，而不画眉目。或竟连嘴巴都不画，相貌全让看者自己想象出来。（因此去年有某小报拿我取笑，大字标题曰"丰子恺不要脸"，文章内容，先把我恭维一顿，末了说，他的画独创一格

寥寥数笔，神气活现，画人头不画脸孔云云。只看标题而没有工夫看文章的人，一定以为我做了不要脸的事。这小报真是虐谑！）这正与平剧的表现相似：开门、骑马、摇船，都没有真的门、马与船，全让观者自己想象出来。想象出来的门、马与船，比实际的美丽得多。倘有实际的背景，反而不讨好了。好比我有时偶把眉毛口鼻一一画出；相貌确定了，往往觉得不过如此，一览无余反比不画而任人自由想象的笨拙得多。

——《再访梅兰芳》

在作画这件事说，我一向欢喜自动，兴到落笔，毫无外力强迫，为作画而作画，这才是艺术品。如果为了敷衍应酬，为了交换条件，为了某种目的或作用而作画，我的手就不自然，觉得画出来的笔笔没有意味，我这个人也毫无意味。……我欢喜画的时候不知道为谁而画，或为若干润笔而画，而只知道为画而画。这才有艺术的意味。

——《艺术的逃难》

画家的心，必常与所描写的对象相共鸣共感，共悲共喜，共泣共笑，倘不具备这种深广的同情心，而徒事手指的刻划，决不能成为真的画家。即使他能描画，所描的至多仅抵一幅照相。

——《美与同情》

画家所见的方面，是形式的方面，不是实用的方面。换言之，是美的世界，不是真善的世界。美的世界中的价值标准与真善的世界中全然不同。我们仅就事物的形状色彩姿态而欣赏，更不顾问其实用方面的价值了。所以一枝枯木，一块怪石，在实用上全无价值，而在中国画家是很好的题材。无名的野花，在诗人的眼中异常美丽。故艺术家所见的世界，可说是一视同仁的世界，平等的世界。艺术家的心，对于世间一切事物都给以热诚的同情。

——《美与同情》

从此我也着实留意于东西的位置，体谅东西的安适了。它们的位置安适，我们看了心情也安适。于是我恍然悟到，这就是美的心境，就是文学的描写中所常用的看法，就是绘画的构图上所经营的问题。这都是同情心的发展。普通人的同情只能及于同类的人，或至多及于动物，但艺术家的同情非常深广，与天地造化之心同样深广，能普及于有情非有情的一切物类。

——《美与同情》

照艺术的领域说，音乐主听觉美即声音美，绘画主视觉美即形式美，文学主思想美即言语美。则现在所谓"具象美"照理是绘画的领域中所有的事。绘画除了立体派构成派等以外，常含有多量的思想美即意义美，而文学中亦如上述地盛用具象美。这可以看作文学与绘画的握手。

——《具象美》

艺术不是技巧的事业，而是心灵的事业；不是世间的事业的一部分，而是超然于世界之外的一种最高等的人类活动。故艺术不是职业，画家不是职业，画不是商品。故练习绘画不是练习手腕，而是练习眼光与心灵。故看画不仅用肉眼，又须用心眼。

——《艺术鉴赏的态度》

空想与理想不同。空想原是游戏似的，理想则合乎理性。只要方向不错，理想不妨高远。理想越高远，创作欣赏时的自由之乐越多。

——《艺术的效果》

古人诗云："赤栏桥外柳千条。"昔日我常叹赏它为描写春景的佳句。今日看见了它的实景，叹赏得愈加热烈了。但是，这也并非因为见了诗的实景之故，只因我忘记了时间，忘记了地点，甚至忘记了自身，所见的就是诗人的所见；换言之，实景就是诗，所以我的叹赏能愈加热烈起来。

——《赤栏桥外柳千条》

世间的美景，是人们所爱乐的。但是美景不能常出现。我们的生活的牵制又不许我们去找求美景。我们心中欲看美景，而实际上不得不天天厕身在尘嚣的都市里，与平凡污旧而看厌了的环境相对。于是我们要求绘画了。我们可在绘画中自由描出所希望的美景。

——《艺术的效果》

画中的田野，有山容水态，绿笑红颦，才是大地自己的姿态。美术中的牛羊，能忧能喜，有意有情，才是牛羊自己的生命。诗文中的贫士、贫女，如冰如霜，如玉如花，超然于世故尘网之外，这才是人类本来的真面目。所以说，我们惟有在艺术中，可以看见万物的天然的真相。我们打叠了日常生活的传统习惯的思想，而用全新至净的眼光来创作艺术，欣赏艺术的时候，我们的心境豁然开朗，自由自在，天真烂漫。好比做了六天工作逢到一个星期日，这时候才感到自己的时间的自由。又好比长夜大梦一觉醒来，这时候才回复到自己的真我。所以说，我们创作或鉴赏艺术，可得自由与天真的乐处。这是艺术的直接的效果，即艺术品及于人心的效果。

三枝两支

——《艺术的效果》

中国则从古以来，"书画"并称。又有"书画同源"之说，说写字同作画，是根本相同的。故在中国，书是与画同等重要的一种艺术。

——《艺术的种类》

千万条陌头细柳，条条不忘记根本，常常俯首顾着下面，时时借了春风之力，向处在泥土中的根本拜舞，或者和它亲吻。好像一群的活泼孩子环绕着他们的慈母而游戏，但时时依傍到慈母的身旁去，或者扑进慈母的怀里去，使人看了觉得非常可爱。杨柳树也有高出墙头的，但我不嫌它高，为了它高而能下，为了它高而不忘本。

——《杨柳》

我觉得一到秋天，自己的心境便十分调和。非但没有那种狂喜与焦灼，且常常被秋风秋雨秋色秋光所吸引而融化在秋中，暂时失却了自己的所在。

——《秋》

"绘画以形体肖似为肉体，以神气表现为灵魂。"即形体的肖似固然是绘画的一个重要目标，但此外还有一个更重要的目标，就是要表现物象的神气。倘只有形似而缺乏神气，其画就只有肉体而没有灵魂，好比一个尸骸。

——《画鬼》

中国画比较起西洋画来，在创作态度上是"主观的"，在描写技巧上是"原始的"。不顾客观世间的实际的形相，而大胆地把形相

看戲式的商議

緣緣堂畫箋

TM

依照自己的感觉而改造，故曰"主观的"。忽略眼前景物的详细点，但用最经济的、记号似的、不能再省的几笔来表出，故曰"原始的"。中国画与儿童画，在这两点上颇相似。

——《版画与儿童画》

漫画在画体中也可说是一种随笔或小品文，也正是随意取材，画幅短小，而内容精粹的一种绘画。随意取材，画幅短小，故宜于"简笔"。内容精粹，故必"注重意义"。

——《漫画的描法》

说我的画与其他艺术修养有关，说得很对！我的画的确与文学有很大关系。我自知这不是一种正式的绘画，只是绘画之一种。至于这种画价值如何，那我自己实在想不出答语。我仿佛具有一种癖瘾，情不自禁地要作这种画。

——《作画好比写文章》

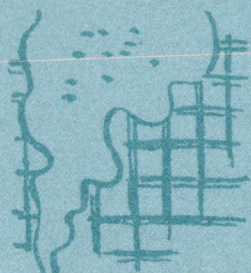

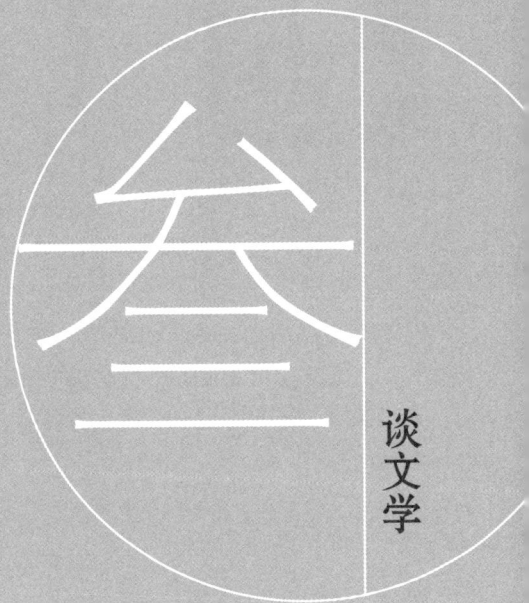

叁

谈文学

"漫画是注重意义而有象征、讽刺、记述之用的，用略笔而夸张地描写的一种绘画。"故漫画是含有多量的文学性质的一种绘画。漫画是介于绘画与文学之间的一种艺术。

——《漫画》

一切艺术之中，文学是与社会最亲近的一种。它的表现工具是人人日常通用的"言语"。这便是使它成为一种最亲近社会的艺术的原因。故一种艺术思潮的兴起，往往首先在文学上出现，继而绘画、音乐、雕刻、建筑都起来响应。

——《将来的绘画》

文学可说是万能的艺术。但其缺点，只是几句空言，要人想象出来，却没有具体的表现。

——《艺术的园地》

人们常常说，图画比文章容易使人感动。但我总觉得不然。图画只能表示静止的一瞬间的外部的形态，文章则可写出活动的经过及内容的意义。况言语为日常惯用之物，自比形色容易动人。

——《"古代英雄的石像"读后感》

我没有看本文，只看了一头一尾——这是我的惯癖，我普通看书大都不耐细读本文，只看它的序跋。这本书的序跋中备述著译者（鸬鹚子，即葛祖兰。——编者）的翻译的始末及其推敲的经过。我看了十分服佩他的"认真"，为中国翻译界所稀有。

——《"再和我接个吻"的翻译》

　　读书不像研究绘画音乐需要设备，也不像研究绘画音乐需要每日不断的练习。只要有钱买书，空的时候便可阅读。

——《我的苦学经验》

　　我的读书，不得不用机械的方法而下苦功，我的用功都是硬做的。

——《我的苦学经验》

　　我始终确信硬记单词是学外国语的最根本的善法。

——《我的苦学经验》

　　对于诸般艺术皆有兴味而皆不深造的人，看"文学的绘画"较有兴味。在一切艺术中，文学是最易大众化的艺术。因为文学所用的表现工具是言语，言语是人人天天用惯的东西，无须另行从头学习，

入门的初步是现成的。绘画与音乐都没有这么便当。要能描一个正确的形，至少须经一番写生的练习，要能唱一个乐曲，起码须学会五线谱。写生与五线谱，不是像言语一般的日常用具，学的人往往因为一曝十寒而难于成就。因此世间爱好音乐绘画者较少，而爱好文学者较多。

——《绘画与文学》

我没有正式求学的福分，我所知道于世间的一些些事，都是从自己读书而得来的。

——《我的苦学经验》

创作——包括随笔——都很伤脑筋，比翻译伤脑筋得多。倘使用操舟来比方写稿，则创作好比把舵，翻译好比划桨。

——《随笔漫画》

我做翻译工作的时候不怕旁边有人。我译成一句之后，不妨和旁人闲谈一下，作为休息，然后再译第二句。但创作的时候最怕旁边有人，最好关起门来，独自工作。因为这时候思想形成一根线索，最怕被人打断。一旦被打断了，以后必须苦苦地找寻断线的两端，重新把它们连接起来，方才可以继续工作。

——《随笔漫画》

我认为随笔不能随便写出……漫画同随笔一样，也不是可以"漫然"下笔的。我有一个脾气：希望一张画在看看之外又可以想想。我往往要求我的画兼有形象美和意义美。形象可以写生，意义却要找求。

——《随笔漫画》

　　倘使我所看到的形象没有丰富深刻的意义，无论形象色彩何等美丽，我也懒得描写；即使描写了，也不是我的得意之作。实在，我的作画不是作画，而仍是作文，不过不用言语而用形象罢了。既然作画等于作文，那么漫画就等于随笔。随笔不能随便写出，漫画当然也不得漫然下笔了。

——《随笔漫画》

　　日本的《源氏物语》，是公历一〇〇六年左右完成的，是几近一千年前的作品。这是世界上最早的长篇小说。我国的长篇小说《三国演义》和《水浒》、意大利但丁的《神曲》，都比《源氏物语》迟三四百年出世呢。这《源氏物语》是世界文学的珍宝，是日本人民的骄傲！在英国、德国、法国，早已有了译本，早已脍炙人口。而在相亲相近的中国，一向没有译本。直到解放后的今日，方才从事翻译，而这翻译工作正好落在我肩膀上。这在我是一种莫大的光荣！

——我译《源氏物语》

记得我青年时代，在东京的图书馆里看到古本《源氏物语》。展开来一看，全是古文，不易理解。后来我买了一部与谢野晶子的现代语译本，读了一遍觉得很像中国的《红楼梦》，人物众多，情节离奇，描写细致，含义丰富，令人不忍释手。读后我便发心学习日本古文。记得我曾经把第一回《桐壶》读得烂熟。起初觉得这古文往往没有主语，字句太简单，难于理会；后来渐渐体会到古文的好处，所谓"言简意繁"，有似中国的《论语》《左传》或《檀弓》。当时我曾经希望把它译成中国文。然而那时候我正热中于美术、音乐，不能下此决心，况且这部巨著长达百余万字，奔走于衣食的我，哪里有条件从事这庞大的工作呢？结果这希望只有梦想而已。

——我译《源氏物语》

　　古书当然要多读，但须拿研究的态度去读，不可死板模仿古人，开倒车。

——书信《致夏宗禹》

　　北京有人提议刊印《源氏物语》……我费五年译完，共一百万字。……近有人传言，要拿去刊印，因日本人非常重视此书，若有人毁谤《源氏物语》，他就与你绝交云云。往年日本人来上海，我告诉他们我在译"源氏"，他们就深深地鞠躬，口称谢谢。……此书用古文写成，我买了四种现代语译本，每看一句，查四种现代语，然后下笔。

——书信《致丰新枚、沈纶》

关于《源氏物语》的参考书，在日本不下数十种之多，大部分我已经买到，并且读过。在译本中，我认为谷崎润一郎最为精当：既易于理解，又忠于古文，不失作者紫式部原有的风格。然其他各本，亦各有其长处，都可供我参考。我执笔时，常常发生亲切之感。因为这书中常常引用我们唐朝诗人白居易等的诗句，又看到日本古代女子能读我国的古文《史记》、《汉书》和"五经"（《易经》《书经》《诗经》《礼记》《春秋》）；而在插图中，又看见日本平安时代的人物衣冠和我国唐朝非常相似。所以我译述时的心情，和往年译述俄罗斯古典文学时不同，仿佛是在译述我国自己的古书。我相信这译文会比西洋文的译文自然些，流畅些。

——我译《源氏物语》

夏目漱石真是一个最像人的人。

——《暂时脱离尘世》

文人对于自然的观察，不外取两种态度，即有情化的观察与印象的观察。有情化的观察，就是迁移自己的感情于自然之中，而把自然看作有生命的活物，或同类的人。印象的观察，就是看出对象的特点，而捉住其大体的印象。这与画家的观察态度完全相同。

——《文学的写生》

晋朝有一位画家顾恺之，吃甘蔗时，总喜欢从梢上吃起，渐渐吃到根上。别人怪问他："梢上不甜，你为什么从梢上吃起？"他回答说："渐入佳境。"

——《新春试笔》

文学的色彩描写，因为没有颜料而只有几个字，故往往把同类的色彩字眼混用。对于 blue（蓝）与 green（绿）两种色彩，中国文学上没有定称。普通言语中亦然，例如"青天白日"与"青草地"，其实前者是 blue，后者是 green。因为春草一般颜色的天，与晴空一般颜色的草，是不会有的。但我们说话时统称之为"青"。在文学上，混同更甚，"绿""青""翠""苍""碧""蓝"等字都无分别。

——《文学的写生》

我以为要通一国的国语，须学习三种要素，即构成其国语的材料、方法，以及其语言的腔调。材料就是"单词"，方法就是"文法"，腔调就是"会话"。我要学得这三种要素，都非行机械的方法而用笨功不可。

——《我的苦学经验》

肆

谈音乐

音乐的发达状态实在奇怪得很！别的艺术在二千余年中徐徐地积成的成绩，音乐只要两世纪就超过它们（指文学、绘画等。——编者），音乐的发达能力实在伟大得很！所以音乐在诸姊妹艺术中，是性质全然卓拔不群的一种奇特的艺术。

——《近世西洋乐坛之盛况》

音乐是最善于表现感情的艺术。……倘然没有了音乐，人类的生活将何等隔膜而枯燥！世间将何等荒凉而寂寞！

——《告音乐初步者》

修佛法的人有"六字经"，即"南无阿弥陀佛"。习音乐的人也有"七字经"，即"独来米法扫拉西"。佛徒说："多念南无阿弥陀佛，可以往生西方。"音乐者也说："多唱独来米法扫拉西，可以进于音乐的世界。"

——《告音乐初步者》

凡曲趣高尚的乐曲，初听时稍感其美，再听时觉得更美，三听，四听，愈听愈加感激，至于百听不厌。曲趣卑浅的乐曲，适与之相反，初听时觉得华丽，圆滑，热闹，甘美，委婉曲折，淋漓尽致，再听时就觉得老调可厌，三听时将不堪入耳，甚至令人欲呕。

——《告音乐初步者》

听说，音乐又可以作治病的良药。……听说，音乐又可以使人延年益寿。……这样看来，音乐的效果不是空洞的，着实有实用之处。那么所谓"安慰感情，陶冶精神，修养人格"等等，不是一张空头支票，保存得好，将来可以兑现。

——《音乐之用》

儿童时代所唱的歌，最不容易忘记。而且长大后重理旧曲，最容易收复儿时的心。我总算是健忘的人，但儿时所唱的歌一曲也没有忘记。

——《儿童与音乐》

我无论何等寂寞、何等烦恼、何等忧惧、何等消沉的时候，只要一唱儿时的歌，便有儿时的心出来抚慰我，鼓励我，解除我的寂寞，烦恼，忧惧和消沉，使我回复儿时的健全。

——《儿童与音乐》

我惊叹音乐与儿童关系之大。大人们弄音乐，不过一时鉴赏音乐的美，好像喝一杯美酒，以求一时的陶醉。儿童的唱歌，则全心没入于其中，而终生服膺勿失。我想，安得无数优美健全的歌曲，交付于无数素养丰足的音乐教师，使他传授给普天下无

数天真烂漫的童男童女？假如能够这样，次代的世间一定比现在和平幸福得多。因为音乐能永远保住人的童心。

——《儿童与音乐》

昔日的评家曾称音乐为"流动的建筑"，今日的评家正在赞美建筑为"凝固的音乐"了。

——《西洋建筑讲话》卷首言

美术是用眼观赏的形式与色彩所构成的艺术，音乐与之相对，是用耳听赏的声音所构成的艺术。自然界中有种种声音，叫做自然音。自然音中可听赏的很多，例如风声、水声、鸟声是感觉最快美的。然而这等不能算是音乐，因为艺术的构成必合于理法。自然音必须加以整顿，使合于艺术的理法，方才成为音乐。

——《音乐的意义》

食物是营养身体的，音乐是营养精神的，即"音乐是精神的粮食"。良好的音乐可以陶冶性情，不良的音乐可以伤害人心。故音乐性质的良否，必须审慎选择。譬如饮料，牛乳的性质良好，饮了可使身体健康；酒的性质不良，饮了有害身体。音乐也如此，高尚的音乐能把人心潜移默化，养成健全的人格；反之，不良的音乐也会把人心潜移默化，使他不知不觉地堕落。故我们必须慎选良好的音乐，方可获得陶冶之益。

——《音乐与人生》

人类感情的最直接的发表，是音乐与舞蹈。文学全靠言语传达思想感情，言语是理智的符号，而且各地各时不同。所以文学的表现感情，不是直接的，是间接的。绘画全靠自然物的形状色彩传达思想感情，自然物是说明思想感情的一种手段。所以绘画的表现感情，也是间接的，不是直接的。唯有音乐与舞蹈，能毫不假借理智的说明的工具而直接地发表人的感情，故音乐与舞蹈在人类历史上发生最早，是当然的事。

——《音乐的起源与成长》

第一，音乐并不完全是享乐的东西，并非时时伴着兴味的。在未学成以前的练习时期，比练习英文数学更加艰苦，需要更多的努力和忍耐。第二，人生的事，苦乐必定相伴，而且成正比例。吃苦愈多，享乐愈大；反之，不吃苦就不得享乐。这是丝毫不爽的定理，你切不可以忘记。

——《芒种的歌》

一笑閒篁留客坐不須西角更彈箏
子愷畫

緣緣堂畫箋

抗战以来，艺术中最勇猛前进的要算音乐。文学原也发达，但是没有声音，只是静静地躺在书铺里，待人去访问。演戏原也发达，但是限于时地，只有一时间一地点的人可以享受。至于造型艺术（绘画雕塑之类）也受着与上述两者相同的限制，未能普遍发展。只有音乐，普遍于全体民众，像血液周流于全身一样。

——《谈抗战歌曲》

　　原来音乐是艺术中最活跃、最动人、最富于"感染力"和"亲和力"的一种。故我们民间音乐发达，即表明我们民族精神昂奋，是最可喜的现象。前线的胜利，原是忠勇将士用热血换来的。但鼓励士气，加强情绪，后方的抗战文艺亦有着一臂的助力，而音乐实为其主力。

——《谈抗战歌曲》

　　把音乐看作"消遣"的玩物，不肯出多大的工夫和气力来学习它，一心想要不费劳力而获得音乐的享乐，这可称为"不劳而获"主义。这是学习音乐第一要禁忌的事。

——《音乐初阶》序说

学唱歌好比学书法。字，普通人大都会写，但写出来的不能称为书法。须得经过一番功夫，写出来的精美悦目，方才配称为书法。书法的功夫，是在碑帖上多加练习。唱歌的功夫，是在音程和音色上多加练习。

——《音乐初阶》序说

艺术的主要原则之一，是用感觉领受。感觉中最高等的无过于眼和耳。诉于眼的艺术中，最纯正的无过于书法。诉于耳的艺术中，最纯正的无过于音乐。故书法与音乐，在一切艺术中占有最高的地位。故艺术的园地中，有两个高原。如果书法是东部高原，那么音乐就是西部高原，两者遥遥相对。

——《艺术的园地》

"听听"有什么好处呢？也同"看看"一样，可以涵养精神，陶冶感情。音乐能用声音引诱人心，使无数观众不知不觉地进入于同样的感情中。这叫做音乐的"亲和力"。凡艺术都有亲和力，而音乐的亲和力特别大。所以为政，治国，传教，从军等，都盛用音乐。

——《艺术与人生》

我在教授图画唱歌的时候，觉得以前曾在别处学过图画唱歌的人最难教授，全然没有学过的人容易指导。同样，我觉得在社会里最

感到困难的是"因袭的打破难"。许多学校风潮，许多家庭悲剧，许多恶劣的人类分子，都是"因袭的罪恶"，何尝是人间本身的不良。因袭好比遗传，永不断绝。新文化一次输入因袭旧恶的社会里，仿佛注些花露水在粪里，气味更难当。再输入一次，仿佛在这花露水和粪里再注入些香油，又变一种臭气。我觉得无论什么改造，非先除去因袭的恶弊终归越弄越坏。在山水间的学校和家庭，不拘何等孤僻，何等少见闻，何等寂寥，"因袭的传染的隔远"和"改造的容易入手"是实实在在的事实。

——《山水间的生活》

精神劳动的人要休息，除了酣睡以外，只有听音乐。音乐能使人心完全停止思维筹算，而入陶醉状态。

——《劳者自歌》

艰深的乐曲不一定良好，良好的乐曲不一定艰深。我认为曲的"高下"，不在乎"难易"，而在乎和者的"众寡"。因此我赞成托尔斯泰的话："凡最伟大的音乐，最有价值的杰作，一定

广泛地被民众所理解，普遍地受民众的赞赏。"因此我反对宋玉的话，主张"曲高和众"。托尔斯泰曾经根据这信念，替音乐下一个定义："音乐是结合人与人的手段。"我也赞成这定义。这就是说：音乐是使人民团结的手段。

——《曲高和众》

阿庆（丰子恺所写随笔《阿庆》中的人物。——编者）孑然一身，无家庭之乐。他的生活乐趣完全寄托在胡琴上。可见音乐感人之深，又可见精神生活有时可以代替物质生活。感悟佛法而出家为僧者，亦犹是也。

——《阿庆》

音乐亲和力最大，最善于统制群众感情，团结民族精神。

——《教师日记》

想起小时在学校里唱的春月歌："春夜有明月，都作欢喜相。"觉得这歌词，温柔敦厚，可爱得很！

——《湖畔夜饮》

枝間的音樂隊

伍

谈书法与金石

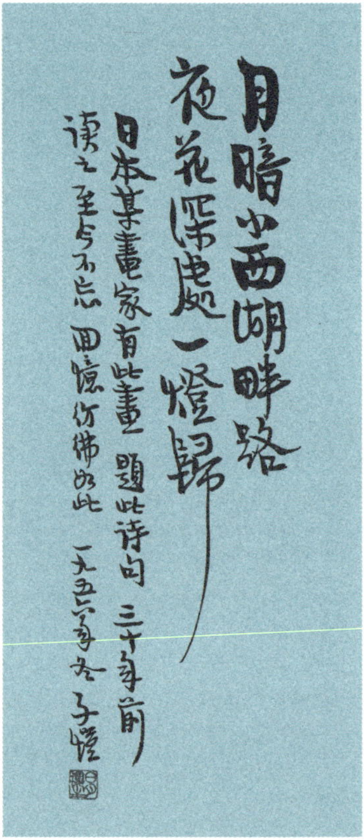

月暗山西湖畔路
夜花深處一燈歸

日本某畫家有此畫 題此詩句 三十年前
讀之至今未能忘 因憶仿佛如此
一九五六年冬 子愷

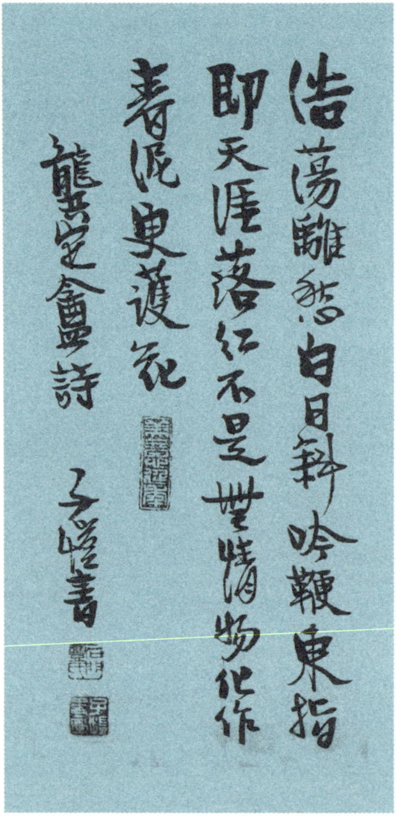

浩蕩離愁白日斜 吟鞭東指
即天涯落紅不是無情物化作
春泥更護花

龔定盫詩 子愷書

书法中最重要的是笔法。学笔法须先正姿势。程道明先生说："我写字的时候，态度很恭敬。并不是要字习得好，这恭敬便是学习。"其实态度恭敬了，字自然学得好。

——《书法略说》

书法与金石——东洋所特有的书法美术，又是东洋人的可矜点。……书法的设备很简单，且创作与鉴赏的机会很多。写好字的人，在一张明信片、一个信壳，甚或账簿上的一笔账中，都作着灵巧的结构，表着美满的谐调。在写信、记账等寻常生活中恣行"气韵生动"的创作，时亲艺术的法悦，实在是东洋人所独享的特权。……金石，也是东洋特有的一种轻便小艺术品。在数分见方的小空间中，布置，经营，钻研，创造一个完全无缺的具足的世界，是西洋人所不能梦见的幽境。

——《中国美术的优胜》

我常常赞美中国所特有的两种小艺术，即书法与金石。吴昌硕的草体字，一个一个地拿出来看，并不秀美，甚至歪斜丑恶，然而看其一幅字的全体，就觉得非常团结，浑然一气，无可增减。前之歪斜丑恶者，今尽变为美的当然。这与绘画的构图完全同一道理。又小行的篆刻，也在几方分里面建立一个完全无缺的小小的世界，有"毫厘千里"的美的布置。与绘画的构图也完全同一道理。故书画金石往往相关联，长于画者同时多长于书，又兼长于金石，恐怕就是为了有这一点完全相同的原故吧。

——《西洋画的看法》

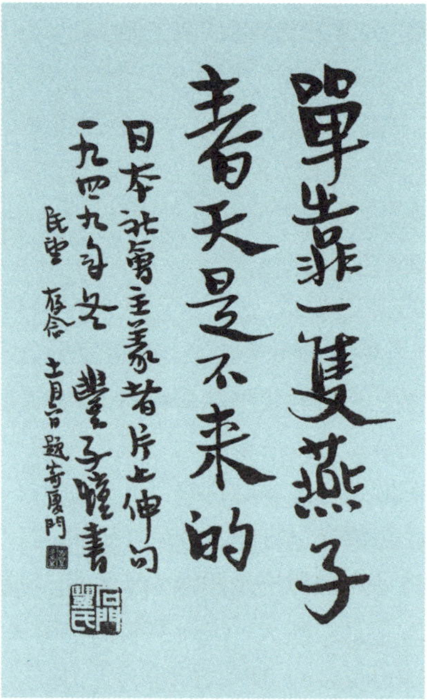

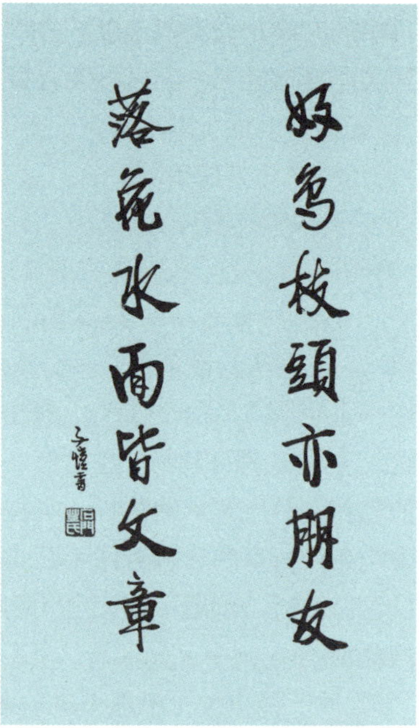

好鳥枝頭亦朋友
落花水面皆文章
子愷書

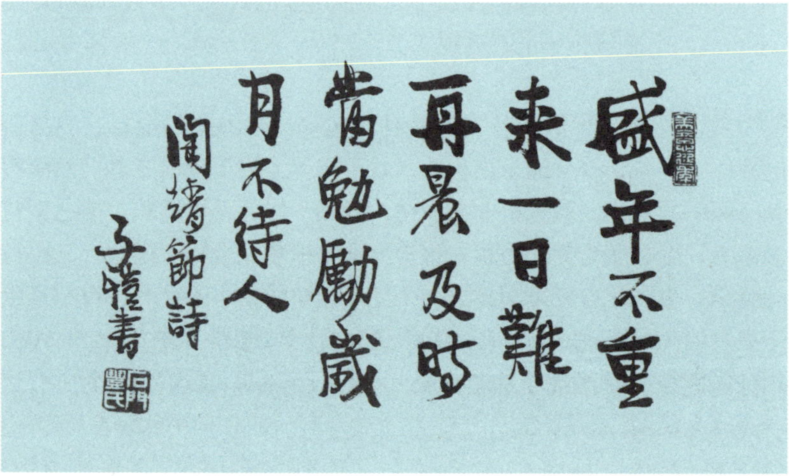

單靠一隻燕子
春天是不来的
日本社會主義者片上伸句
一九四九年冬 豐子愷書
民豐 居舍 十月廿日題寄廈門

盛年不重
来一日難
再晨及時
當勉勵歲
月不待人
閒讀節詩
子愷書

世界各国的文字，要算我们中国字为最美术的。别国的字，大都用字母拼合而成，长短大小，很不均齐。只有我们中国的字，个个一样大小，天生成是美术的。所以外国不拿字当作美术；而中国的书法，自古以来与画法并论。所谓"书画"，是两种同样高深的艺术。可知外国文字只是实用的；而中国文字则于实用的之外，又兼为艺术的。这便是中国字的特色。……中国文字因有这个特色，所以中国人都应该学书法。我们切不可贪钢笔铅笔的简便而废弃原有的毛笔。须知中国的民族精神，寄托在这支毛笔里头！

——《书法略说》

书法：这一境域，位在艺术的园地的东部最深之处，地势最高。风景最胜，游客差不多全是中国人，日本人有时也跟着中国人上去玩玩。西洋人则全无问津者。虽说游客全是中国人，但大多数的中国人，步到坡上就止步，不再上进。真能爬上高处，身入其境的人，其实也不很多。所以这在艺术的园地中，为最冷僻的区域。多数的游客，还不知道园中有这么一个去处呢。

——《艺术的园地》

大多数人写字只求画平竖直，清楚工整，便于实用；不讲求笔情墨趣，间架布局，以及碑意帖法等艺术的研究。因此，西洋人根本不知道有这一种艺术，中国人也多数不把它当作艺术看。尤其是到了现代，学校功课繁忙，社会国家多事。许多青年学子，没有时间，或者没有机会去认识、欣赏或研究这种艺术。又因为这是实用工具的缘故，被现代生活的繁忙加以简笔化、实用化、通俗化，商业竞争又给

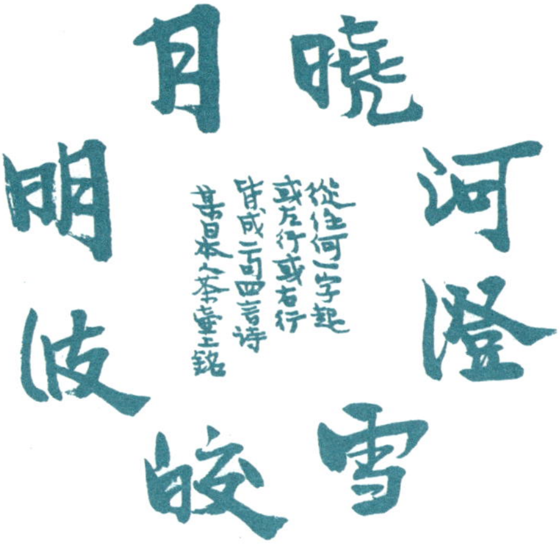

月明波皎 曉河澄雪

從任何一字起或左行或右行皆成五言四言诗 景本小茶室銘

回文诗，从任何一字起，
或左行或右行皆成一句四言诗

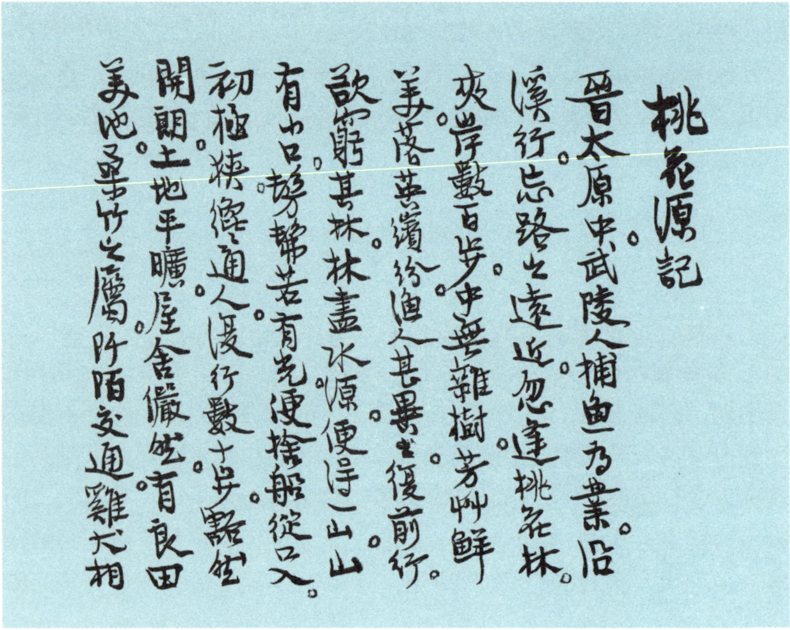

桃花源記

晉太原中武陵人捕魚為業。沿溪行忘路之遠近忽逢桃花林。夾岸數百步中無雜樹芳艸鮮美落英繽紛漁人甚異之復前行欲窮其林。林盡水源便得一山山有小口彷彿若有光便捨船從口入。初極狹纔通人復行數十步豁然開朗土地平曠屋舍儼然有良田美池桑竹之屬阡陌交通雞犬相

它图案化、广告化、奇怪化……几乎使它失去了原来的艺术性。现在我讲艺术，首先提到书法，而且赞扬它是最高的艺术。

——《艺术的园地》

中国自古有"书画同源"之说。就是说描画要参考书法的用笔，方才画得出神气。所以中国的画家大都能书，书家大都能画。画要参考画法；而书不一定要参考画法。所以书法比绘画更为高深。反之，绘画比书法更为广大。这就是说，在质的方面，书胜于画；在量的方面，画胜于书。这两者在艺术中，一高一广，都很重要。

——《艺术的园地》

看画要当作书法看。字的装法，笔的气势，墨的浓淡，是书法美的主体；音义与意思，则是书法美的辅助。看画要取听音乐的态度。

——《我对陶元庆的绘画的感想》

书法，这是中国所特有的艺术。为什么中国特有呢？一者，外国人用钢笔，书法艺术不发育。中国人用 brush（指毛笔。——编者），写字就同描画一样。二者，外国文字用字母拼，就同电报号码差不多，不容易作成艺术；中国文字有象形，指事，根本同描画一样，所以中国人说"书画同源"。因此二故，书法是中国特有的艺术（日本也有，但前已说过，日本绘画模仿我国，其书法也模仿我国，与我国全同）。

——《艺术与人生》

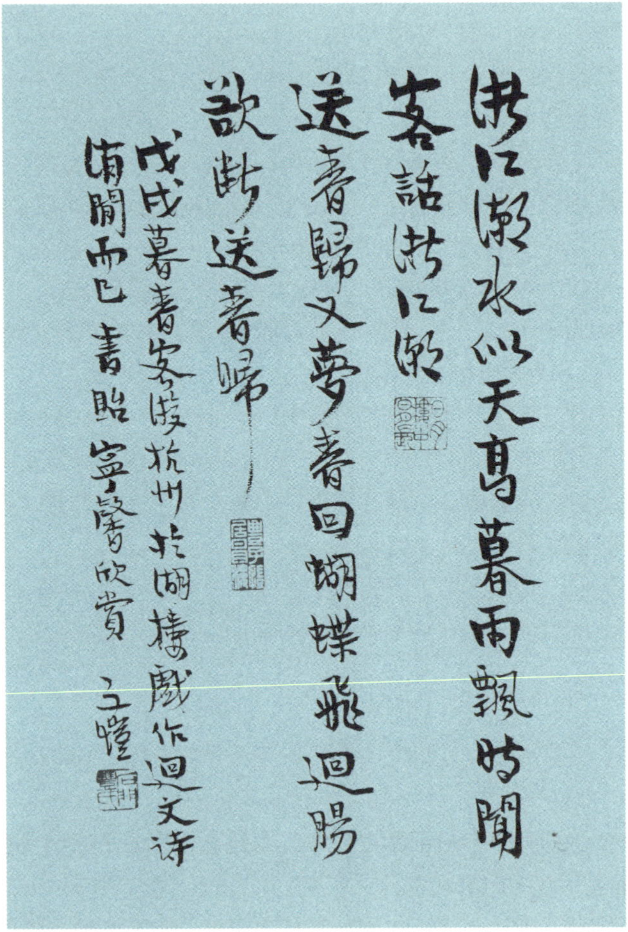

浙江潮水似天高暮雨飘时闻

客话浙江潮

送春归又梦春回蝴蝶飞回肠

欵欵送春归

戊戌暮春客居杭州於西楼戏作回文诗
一俑阑雨巳书贻宝馨欣赏 立煌

回文诗一
浙江潮水似天高，
水似天高暮雨飘，
暮雨飘时闻客话，
时闻客话浙江潮。

回文诗二
送春归又梦春回，
又梦春回蝴蝶飞，
蝴蝶飞回肠欲断，
回肠欲断送春归。

书法与音乐，是艺术中最精妙的两种。……用笔描写有名目的形状（例如画一朵花），笔墨受形状的拘束，难得自由发挥感兴。反之，描写无名目的线条（例如写字），就可在线条本身上自由发挥感兴了。表现有意义的声音（例如作诗，作文），声音受意义的拘束，难得自由发挥感兴。反之，表现无意义的声音（例如奏乐曲），就可在声音本身上自由发挥感兴了。在艺术的本质上，书法高于绘画，音乐高于文学。

——《艺术的园地》

　　中国的金石，其好坏不在乎刻得工细与初草，却在乎字的章法和笔法上。在数方分的面积中，作成一个调和、美丽、圆满无缺的小天地，便是金石的妙境。中国人常把"书画金石"三者并称。因为三者有密切的相互关系。

——《艺术与人生》

　　我在写字的时候，曾感到声音的一种微妙的作用，也可以拿来旁证音语。我为人写大字，喜择一静室，室内最好只留知我习性的一二人为助手或旁观者，不喜欢有许多人同室。为的是他们要在我正在写字的时候发出种种声音，话声，笑声，步声，以及物件移动之声。而这种声音的气势常与笔的运动的气势相冲突，使笔的运动受阻碍，因而写字往往失败。譬如正在写一个字，半途有人咳嗽，或笑起来，或向别人提出一问。这种突然的，或昂奋的，或不安定的声音，有一种影响达于我的心情，由心情传到我的右手的筋觉，通过了笔杆而影响于所写的字。又如正在写一行字，半途有人突然起立出外，或推门

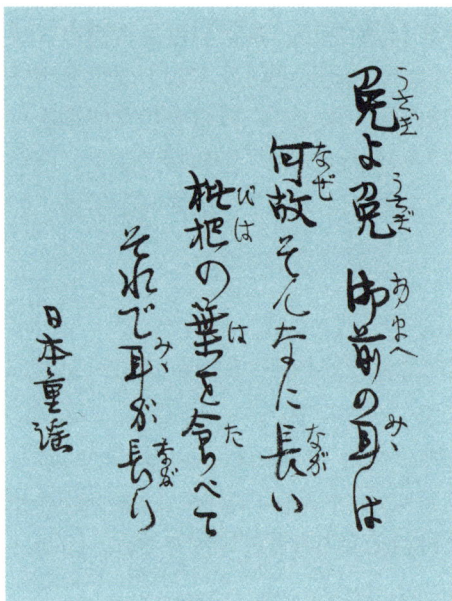

大空（おほぞら）に蔽（おほ）ふばかりの袖（そで）もがな
春咲（はるさ）く花（はな）を風（かぜ）に任（まか）せじ
願将大袖遮天日
莫使春花经晓风
後撰集巻二

《源氏物语》

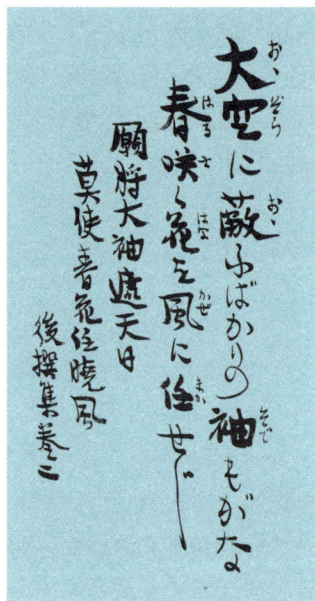

兎（うさぎ）よ兎（うさぎ）御前（おまへ）の耳（みみ）は
何故（なぜ）そんたに長（なが）い
枇杷（びは）の葉（は）を食（た）べて
それで耳（みみ）が長（なが）り
日本童謡

兔子啊兔子，
你的耳朵怎么这样长？
因为吃了枇杷叶，
所以耳朵长得长。

丰子恺
常用的印章

石门丰氏
（钱君匋刻）

子恺书画
（钱君匋刻）

缘缘堂主

入室。他们的动作气势也会影响到我的手头。故我常想，写字最好能有适当的时间，适当的地方，及适当的对手。这对手必须理解字的构造，又懂得我的癖性。他不妨说话，动作，做声；但求他的言行的气势与态度，和我的写字的活动相符合。譬如写到很长的一直的时候，即使我的对手在旁大叫一声，非但无碍，反而有助于我。

——《音语》

美国有一种专供习字用的蓄音片（指唱片。——编者）。当学生练习书法时，把这蓄音片开奏，一种特殊的节奏与音律，能暗助习字者的手的活动。……中文与西文构造不同。他们的字是符号凑成，写的时候其动作能合于一定的节奏；我们的文字构造各异，每个字像一幅画，恐怕没有适当的音乐可以适合写字的动作。

——《音语》

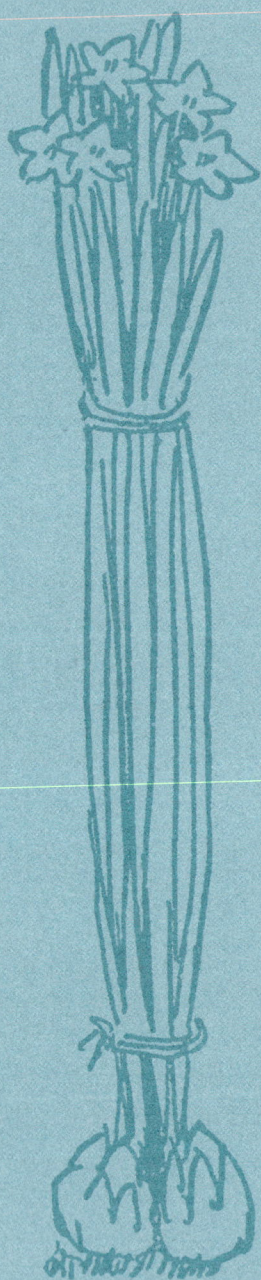

陆

谈诗词

诗中用字的重复，是增加诗的音乐的要素的，即增加读者的感觉美的。

——《艺术的创作与鉴赏》

画家与诗人，对于自然景色作同样的观照。不过画家用形状色彩描写，诗人用言语描写，表现的工技不同而已。

——《文学中的远近法》

醉心名利的人，如多数的官僚、商人，大概无常之恸的感情最弱。他们仿佛被荣誉及黄金蒙住了眼，急急忙忙地拉到鬼国里，在途中毫无认识自身的能力与余暇了。反之，在文艺者，尤其是诗人，尤其是中国的诗人，更尤其是中国古代的诗人，大概这点感情最强，引起他们这种感情的，大概是最能暗示生灭相的自然状态。

——《无常之恸》

我觉得古人诗词，全篇都可爱的极少。我所爱的，往往只是一篇中的一段，或其一句。这一句我讽咏之不足，往往把它抄写在小纸条上，粘在座右，随时欣赏。有时眼前会现出一个幻象来，若隐若现，如有如无。立刻提起笔来写，只写得一个概略，那幻象已经消失。我看看纸上，只有寥寥数笔的轮廓，眉目都不全，但是颇能代表那个幻象，不要求加详了。有一次我偶然再提起笔加详描写，结果变成和那

此遺物者之些盡藏也

然乃一耳
山水綠

待得來牛
重把酒
那知無雨又無風
子愷

緣上堂裏畫

二十四番
花傳後
曉窗
揭幕
許多
寒
子愷畫

緣上堂裏畫

幻象全异的一种现象，竟糟蹋了那张画。

——《漫画创作二十年》

有时觉得画可以不必描，读读诗词尽够领略艺术的美了。故我从诗词所受的铭感，比从画所受的更深。

——《文学的写生》

诗人最懂得小中见大、个中见全的秘诀，最善于运用一件具象的小事来暗示抽象的大事。

——《具象美》

漫画的表现力究竟不及诗，它的造型的表现不够用时，常常要借用诗的助力，侵占文学的范围。如漫画的借重画题便是。

——《漫画艺术的欣赏》

诗可以只用文字而不需插画，但漫画却难于仅用形象而不用画题。多数的漫画，是靠着画题的说明的助力而发挥其漫画的效果的。

——《漫画艺术的欣赏》

功成拂袖去
歸又武陵源
子愷畫

緣緣堂畫箋

TK. 1945.

现在我苦爱他这首诗（指陆放翁的诗"苦爱幽窗午梦长，此中与世暂相忘。华山处士如容见，不觅仙方觅睡方。——编者），觉得午梦不够，要做长夜之梦才好。假如觅得到睡方，我极愿重量地吞服一剂，从此优游于梦境中，永远不到真的世间来了。

——《梦耶真耶》

我……觉得，别的事都可有专家，而诗不可有专家。因为做诗就是做人。人做得好的，诗也做得好。倘说做诗有专家，非专家不能做诗，就好比说做人有专家，非专家不能做人，岂不可笑？因此，有些"专家"的诗，我不爱读。因为他们往往爱用古典，蹈袭传统；咬文嚼字，卖弄玄虚；扭扭捏捏，装腔作势；甚至神经过敏，出神见鬼。而非专家的诗，倒是直直落落，明明白白，天真自然纯正朴茂，可爱得很。

——《湖畔夜饮》

现在有些白话诗不讲叶韵，就把白话写成每句一行，一个"但"字占一行，一个"不"字也占一行，内容不知道说些什么，我真不懂。

——《庐山游记之三》

我虽然做的是打油诗，对平仄声却很注意，因为平仄声是中国文学特有的优良传统。全世界别的国家都没有平仄声。平仄声是中国诗文的一种特色。

——《我作了四首诗》

殿内匾额对联甚多。我注意到两联，至今不忘。其一曰："为恶必灭，若有不灭，祖宗之遗德，德尽必灭；为善必昌，若有不昌，祖宗之遗殃，殃尽必昌。"其二曰："百善孝当先，论心不论事，论事天下无孝子；万恶淫为首，论事不论心，论心天下无完人。"前者提倡命定论，措词巧妙。后者勉人为善，说理精当。

——《鄞都》

古语云：乐莫乐于性相知。但又云：衣不如新，人不如故。吾于友人实无分新旧，但觉送别总不如相见之高兴。"山中相送罢，日暮掩柴扉。"读读也够岑寂了，何况实行！但吾闻艺术的感人，强于现实。读诗如此岑寂，实行恐亦不过尔尔。

——《教师日记》

选宋人诗教诸儿，内有一诗云："青山不识我姓氏，我亦不识青山名。飞来白鸟似相识，对我对山三两声。"此诗用以教人艺术的观照，最有效用。能于理智与实利的世界以外另辟一眼界，则世间万物常新，处处皆美的世界。

——《教师日记》

做旧诗是好的，但我们只能学古人的文体"格式"，不可学古人的"思想"。（例如隐居、纵酒、颓废、多愁、悲观等都不可学。）

——书信《致菲君》

来信提及《秋兴》八首，我嫌其太工巧，少有灵性表现，古人云："李杜文章万口传，至今已觉不新鲜。"诚然。

——书信《致丰新枚、沈纶》

你热爱词……词这种文艺格式，世间只有中国人擅长。日本人模仿汉诗，但不解词。诗盛于唐，词兴于宋。可知词是一种进步的文艺格式。古人称词为"诗余"，实则乃诗之变格，言情更为细致而亲切也。我近读《白香词谱》，爱其"笺"。笺中有许多可爱的作品。

——书信《致丰新枚、沈纶》

在一片自然景色之前，未曾着墨的画家，与未曾拈句的诗人，是同样的艺术家。风景画与写景诗，在内容上是同样的艺术品。故绘画中有远近法，文学中也有远近法。

——《文学中的远近法》

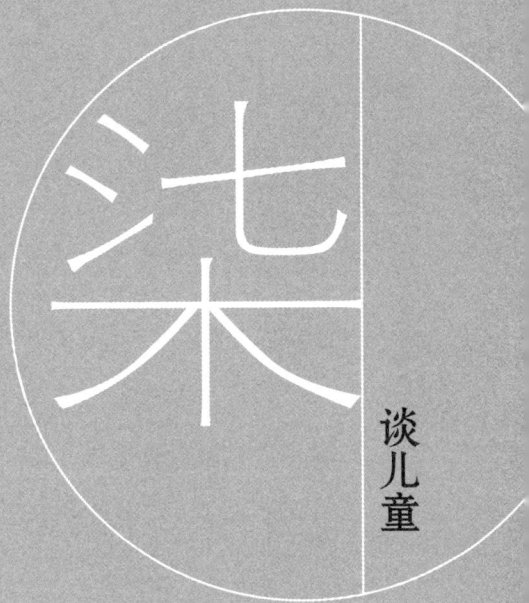

柒

谈儿童

近来我的心为四事所占据了：天上的神明与星辰，人间的艺术与儿童，这小燕子似的一群儿女，是在人世间与我因缘最深的儿童，他们在我心中占有与神明、星辰、艺术同等的地位。

——《儿女》

天地间最健全的心眼，只是孩子们的所有物，世间事物的真相，只有孩子们能最明确、最完全地见到。我比起他们来，真的心眼已经因了世智尘劳而蒙蔽，是一个可怜的残废者了。

——《儿女》

孩子们！……我在世间，永没有逢到像你们样出肺肝相示的人。世间的人群结合，永没有像你们样的彻底的真实而纯洁。

——《给我的孩子们》

我们不得不赞美儿童了。因为儿童大都是最富于同情的，且其同情不但及于人类，又自然地及于猫犬、花草、鸟蝶、鱼虫、玩具等一切事物，他们认真地对猫犬说话，认真地和花接吻，认真地和人像（玩偶）玩耍，其心比艺术家的心真切而自然得多！他们往往能注意大人们所不能注意的事，发见大人们所不能发见的点。所以儿童的本质是艺术的。换言之，即人类本来是艺术的，本来是富于同情的。只因长大起来受了世智的压迫，把这点心灵阻碍或消磨了。惟有聪明的人，能不屈不挠。外部即使饱受压迫，而内部仍旧保藏着这点可贵的心。这种人就是艺术家。

——《美与同情》

　　小孩子真是人生的黄金时代！我们的黄金时代虽然已经过去，但我们可以因了艺术的修养而重新面见这幸福，仁爱，而和平的世界。

——《美与同情》

　　人生之有赖于美的慰藉，艺术的滋润，是很多的。人生中无论何事，第一必须有"趣味"，然后能欢喜地从事。这"趣味"就是艺术的。我不相信世间有全无"趣味"的机械似的人。劳动者歇在荫凉的绿荫下面的时候，口中也要不期地唱出山歌；农夫背了锄头回家的时候，对于庄严灿烂的夕阳不免要驻足回头。何况于初出黄金时代的儿童？故先生对于儿童，实在可以时时处处利用其固有的"趣味"，以抽发其艺术的感情，则教育的进行的道路必可平滑得多。

——《关于学校中的艺术科》

儿童世界与成人世界　幢童

　　我向来憧憬于儿童生活。尤其是那时，我初尝世味，看见了所谓"社会"里的虚伪矜忿之状，觉得成人大都已失本性，只有儿童天真烂漫，人格完整，这才是真正的"人"。于是变成了儿童崇拜者，在随笔中（指《缘缘堂随笔》。——编者）漫画中，处处赞扬儿童。

——《漫画创作二十年》

你们的孩子，不是常常热中于弄烂泥，骑竹马，折纸鸟，抱泥人的么？他们把全副精神贯注在这等游戏中，兴味浓酣的时候，冷风烈日之下也不感其苦，把吃饭都忘却。试想想看，他们为什么这样热中？与农夫的为收获而热中于耕耘，木匠的为工资而热中于斧斤，商人的为财货而热中于买卖，政客的为势利而热中于奔走，是同性质的么？不然，他们没有目的，无所为，无所图。他们为游戏而游戏，手段就是目的，即所谓"自己目的"，这真是艺术的！

——《告母性》

你们现在的教训，便是预定他们将来的人格的。你们现在的指示，便是预定将来这世界的方针的。

——《告母性》

教养孩子，只要教他永远做孩子，即永远不使失却其孩子之心。孟子说："大人者，不失其赤子之心者也。"所谓赤子之心，就是前

文所说的孩子的本来的心。……天地的灵气独钟于孩子。

——《告母性》

世间的母亲！你们对孩子讲话的时候，须得亲自走进孩子的世界中去，讲他们的世界中的话。即你们对孩子讲话的时候必须自己完全变成孩子。

——《幼儿故事》

我叹佩孩子的造型的敏感。孩子比大人，概念弱而直观强，故所见更多拟人的印象，容易看见物象的真相。艺术家就是学习孩子们这种看法的。

——《颜面》

大人和孩子，分居两个不同的世界。所以不同者，是为了我们这世界里有不可超越的大自然的定理，有不可破犯的人为的规律，而在孩子的世界里没有这些羁网。

——《关于儿童教育》

大人像大人，小孩像小孩，是正当的、自然的状态。像小孩的大人，

快樂的勞働者

世间称之为"疯子",即残废者。然则,像大人的小孩,何独不是"疯子"、"残废者"呢?

——《关于儿童教育》

孩子的看事物,常常解除事物的一切关系,能清晰地看见事物的真态。所以在他是灿烂的世界,在我只觉得枯寂。犹之一块洋钱,在我看了立刻想起这是有效用的一块钱,是谁所有的,与我有何关系;而在孩子看来,只见一块浑圆闪白的浮雕,何等美丽!

——《关于儿童教育》

亲身去看看儿童的世界,不要误解他们,虐待他们,摧残他们的美丽与幸福,而硬拉他们到这枯燥苦闷的大人的世界里来!

——《关于儿童教育》

研究
(四)

人类之初,天生成是和平的、爱的,故小孩子天生有艺术的态度的基础。小孩子长大起来,涉世渐深,现实渐渐暴露,儿时所见的美丽的世界渐渐破产,这是可悲哀的事。

——《关于儿童教育》

这是儿童本来具有的心，不必父母与先生教它。只要父母与先生不去摧残它而培养它，就够了。

——《关于儿童教育》

　　我的孩子们！我憧憬于你们的生活，每天不止一次！我想委曲地说出来，使你们自己晓得。可惜到你们懂得我的话的意思的时候，你们将不复是可以使我憧憬的人了。这是何等可悲哀的事啊！

——《给我的孩子们》

　　世间的大人们，你们是由儿童变成的，你们的"童心"不曾完全泯灭。你们应该时时召回自己的童心，人类原有表现感情的本能。艺术是美的感情的发现，故知其起源于表现本能。人类从小儿时代就有这种本能。心中欢喜时要笑，心中苦痛时要哭，心中喜怒哀乐都要表现到外面来。

——《关于儿童教育》

　　造物主给我们头上生一双眼睛，原是教我们看物象的。但他曾经叮嘱我们："要用眼睛看物象的本身，又看物象的意义！"小孩子出生不久，分明记得这句话，看物象时都能够注意其本身，后来年纪长大，便忘了上半句，不看物象的本身，而转看物象的意义了。学艺术便是补上这上半句的。

——《艺术修养基础》

儿童生活富有趣味，可以救济大人们生活的枯燥与苦闷。

——《艺术修养基础》

玩弄私塾先生，闹祸，不肯用功，正是健全儿童的表征。服从、忍耐、不闹祸，终日埋头用功，在大人或者可以做到，但这决不是儿童的常态。儿童而能循规蹈矩，终日埋头读书，真是为父母者的家门之不幸了。我每见这种残废的儿童，必感到浓烈的悲哀。

——《关于儿童教育》

我常常"设身处地"地体验孩子们的生活。换一句话说，我常常自己变了儿童而观察儿童。

——《子恺漫画选》自序

由于"热爱"和"亲近"，我深深地体会了孩子们的心理，发现了一个和成人世界完全不同的儿童世界。儿童富有感情，却缺乏理智，儿童富有欲望，而不能抑制。因此儿童世界非常广大自由，在这里可以随心所欲地提出一切愿望和要求：房子的屋顶可以要求拆去，以便看飞机；眠床里可以要求生花草，飞蝴蝶，以便游玩；凳子的脚可以给穿鞋子；房间里可以筑铁路和火车站；亲兄妹可以做新官人和新娘子；天上的月亮可以要它下来……

——《子恺漫画选》自序

推想起来，孩子们常是诚实的、"称心而言"的；而我们呢，难得有一日不犯"言不由衷"的恶德。唉！我们本来也是同他们那样的，谁造成了我们这样呢？

——《从孩子得到的启示》

我带了空虚而寂寥的心，彷徨在十字街头，观看他们所转入的社会，我想象这里面的人，个个是从那天真烂漫、广大自由的儿童世界里转出来的。但这里没有"花生米不满足"的人，却有许多面包不满足的人。

——《谈自己的画》

试看现在的家庭里，桌子都比小孩子的头高，椅子都是小孩子所坐不着的，门都是小孩子开不着的，谈的话与做的事都是小孩子所听不懂又感不到兴味的。设身处地地想来，假如我们大人到了这样一个设备不称身而言行莫名其妙的异人的家庭里去生活，我们当感到何等的苦痛！

——《儿童的年龄性质与玩具》

成人的世界，因为受实际的生活和世间的习惯的限制，所以非常狭小苦闷。孩子们的世界不受这种限制，因此非常广大自由。年纪愈小，其所见的世界愈大。

——《谈自己的画》

　　我看见世间的大人都为生活的琐屑事件所迷着，都忘记人生的根本，只有孩子们保住天真，独具慧眼，其言行多足供我欣赏者。八指头陀诗云："吾爱童子身，莲花不染尘。骂之唯解笑，打亦不生嗔。对境心常定，逢人语自新。可慨年既长，物欲蔽天真。"我当时曾把这首诗用小刀刻在香烟嘴的边上。

——《谈自己的画》

　　所谓培养童心，应该是甚样的方法呢？总之，要处处离去因袭，不守传统，不顺环境，不照习惯，而培养其全新的、纯洁的"人"的心。

——《关于儿童教育》

　　古人诗云："去日儿童皆长大，昔年亲友半凋零。"这两句确切地写出了中年人的心境的空虚与寂寥。

——《谈自己的画》

凳子是桌，桌子是屋，
餅干罐頭是凳子，
花瓶是煙囱。

子愷畫

緣緣堂畫箋

昔日的儿童生活相能"占据"我的心，能使我归顺它们；现在的世间相却只是常来"袭击"我这空虚寂寥的心，而不能占据，不能使我归顺。

——《谈自己的画》

　　艺术家的眼光与儿童的眼光，有一点重要区别，即儿童的眼光常常是直线，不能弯曲。艺术家的眼光则能屈能伸。在观察物象、研究艺术的时候，眼光同儿童一样笔直；但在处理日常生活的时候，眼光又会弯曲起来。

——《艺术的眼光》

　　儿童思想简单，最容易发现物象的本相。所以，学画从儿童时代学起，最易入门。

——《艺术的眼光》

　　我相信一个人的童心，切不可失去。大家不失去童心，则家庭、社会、国家、世界，一定温暖、和平而幸福。所以我情愿做"老儿童"，让人家去奇怪吧。

——《我与"新儿童"》

捌

谈人生哲理与抗战

人生总是人生。人生的幸福可由人自己制造出来。物极必反。人生苦到了极点，必定会得福。

——《新年小感》

我的年龄告了立秋以后，心境中所起的最特殊的状态便是这对于"死的体感"。以前我的思虑真疏浅！以为春可以常在人间，人可以永在青年，竟完全没有想到死。又以为人生的意义只在于生，而我的一生最有意义，似乎我是不会死的。直到现在，仗了秋的慈光的鉴照，死的灵气钟育，才知道生的甘苦悲欢，是天地间反复过亿万次的老调，又何足珍惜？

——《秋》

欢喜读与人生根本问题有关的书，欢喜谈与人生根本问题有关的话，可说是我的一种习性。我从小不欢喜科学而欢喜文艺。为的是我所见的科学书，所谈的大都是科学的枝节问题，离人生根本很远；而我所见的文艺书，即使最普通的《唐诗三百首》、《白香词谱》等，也处处含有接触人生根本而耐人回味的字句。

——《谈自己的画》

凡及格的艺术，都是为人生的。且在我们这世间，能欣赏纯粹美的艺术的人少，能欣赏含有实用分子的艺术的人多。正好比爱吃白糖的人少，而爱吃香蕉糖、花生糖的人多。所以多数的艺术品，兼有艺术味与人生味。对于这种艺术，我们所要求的，是最好两者调和适可，不要偏重一方。

——《艺术与人生》

做人不能全为实利打算。全为实利打算，换言之，就是只要便宜。充其极端，做人全无感情，全无意气，全无趣味，而人就变成枯燥、死板、冷酷、无情的一种动物。这就不是"生活"，而仅是一种"生存"了。

——《谢谢重庆》

艺术及于人生的效果，其实是很简明的：不外乎吾人对艺术品时直接兴起的作用，及研究艺术之后间接受得的影响。前者可称为艺术的直接效果，后者可称为艺术的间接效果。因为前者是"艺术品"的效果，后者是"艺术精神"的效果。

——《艺术修养基础》

人生的滋味在于生的哀乐，艺术的福音在于其能表现这等哀乐。有的宜乎用文字来表现，有的宜乎用音乐来表现，又有的宜乎用绘画来表现。这样想来，在绘画中描点人生的事象，寓一点意思，也是自然的要求。

——《中国画的特色》

從醫院回來
子愷畫

狹路

永与做日
人与自然的鬪爭
子愷畫

不竉
無驚
過一生

青年是人生最中坚的、最精彩的、最有变化的一部分。

——《青年与自然》

　　人生幸而有了无上的智慧。又不幸而得了这样短促的生命，这样藐小的身躯，这样薄弱的心力，与这样贫乏的物力，致使中人以下的俗众，慑于客观世间强大，而俯首听命，迷真莫返。假如自然能改良其支配，使人的生命再长一点，人的身躯再大一点，人的心力再强一点，人的物力再富一点，使人处世如乘火车、如搭轮船，那么人与世的比例相差不会那么远，就容易看到时间空间的真相，而不复为世之物欲之所迷了。

——《大人》

　　自然永远调和，圆满，而美丽。惟人生常有不调和，缺陷与丑恶的表演。然而人生的丑，终不能影响大自然的美。

——《桐庐负暄》

　　对于世间的麦浪，不要想起是面包的原料；对于盘中的橘子，不要想起是解渴的水果；对于路上的乞丐，不要想起是讨钱的穷人；对于目前的风景，不要想起是某镇某村的郊野。倘能有这种看法，其人在世间就像大娘舅白相大世界一样，能常常开心而赞美了。

——《剪网》

"渐"的作用，就是用每步相差极微极缓的方法来隐蔽时间的过去与事物的变迁的痕迹，使人误认其为恒久不变。这真是造物主骗人的一大诡计！

——《渐》

　　艺术教育，是人生很重大的一种教育，非局部的小知识、小技能的教授。

——《关于学校中的艺术科》

　　人欲有五：食欲，色欲，知欲，德欲，美欲是也。食色二欲为物质的，为人生根本二大欲。但人决不能仅此满足即止，必进而求其他精神的三大欲之满足。此为人生快乐的向上，向上不已，食色二欲中渐渐混入美欲，终于由美欲取代食色二欲，是为欲之升华。升华之极，轻物质而重精神。所欲有甚于生，人生即达于"不朽"之理想境域。

——《精神的粮食》

　　我觉得时辰钟是人生的最好的象征了。时辰钟的针，平常一看总觉得是"不动"的，其实人造物中最常动的无过于时辰钟的针了。日常生活中的人也如此，刻刻觉得我是我，似乎这"我"永远不变，实则与时辰钟的针一样无常！

——《渐》

在不知不觉之中，天真烂漫的孩子"渐渐"变成野心勃勃的青年；慷慨豪侠的青年"渐渐"变成冷酷的成人；血气旺盛的成人"渐渐"变成顽固的老头子。

——《渐》

我们所打算、计较、争夺的洋钱，在他们（指孩子们。——编者）看来个个是白银的浮雕的胸章；仆仆奔走的行人，血汗涔涔的劳动者，在他们看来个个是无目的地在游戏，在演剧；一切建设，一切现象，在他们看来都是大自然的点缀，装饰。唉！我今晚受了这孩子的启示了：他能撤去世间事物的因果关系的网，看见事物的本身的真相。他是创造者，能赋给生命一切的事物。他们是艺术的国土的主人。唉，我要从他学习！

——《从孩子得到的启示》

"人生如梦！"不要把这句话当作文学上的装饰的丽句！这是当头的棒喝！古人所道破，我们所痛感而承认的。

——《晨梦》

喝了两杯老米酒，闭目静坐，对过去生涯作一次总回顾。这次回顾，所见与往年略有不同。往年走的都是平路，今年走的路很崎岖。站在崎岖的丘壑中回顾过去的康庄，觉得太过平坦，竟变成了平凡。再过四天，十一月廿一日，是我们逃难周年纪念日。过去一年中，艰

苦，焦灼，紧张，危险，已经备尝。在他方面，侥幸、脱险、新鲜、快意的滋味也尝过不少。所谓"山穷水尽疑无路，柳暗花明又一村"，用以比方我这一年间的生活，很是恰当。过去的生活，犹如一片大平原，长路漫漫，绝少变化，最多不过转几个弯，跳几道沟，或是渡几乘桥梁而已。这一年间的崎岖之路，增加我不少的经验，给我不少的锻炼。然而我决不是赞美崎岖之路而不乐康庄大道。谁不愿在康庄大道上缓步徐行呢？但走崎岖之路也有它的辛劳的报酬，并非全然不幸，尤不必视为畏途而叫苦连天。这一点精神，是我四十一岁生辰的退省中可以自勉的一事。至少希望我的孩子们将来能接受我这笔遗产。

——《教师日记》

穷的大人苦了，自己能知道其苦，因而能设法免除其苦。穷的小孩苦了，自己还不知道，一味茫茫然地追求生的欢喜，这才是天下之至惨！

——《穷小孩的跷跷板》

我想："戏"与"真"相对，故不认真叫做"儿戏"。谁知专门的"戏"比"真"还要认真！反观这世界：个人的事，家庭的事，社会的事，国家的事，国际的事，大都马马虎虎，随随便便，奇奇怪怪，鬼鬼祟祟，全同儿戏一样！故"戏"和"真"这两个字的意义，在现在应该颠倒过来，交换一下，把"戏"称为"真"，把"真"称为"戏"！

——《参观夏声平剧学校》

世间大小、高低、长短、厚薄、广狭、肥瘦，以至贫富、贵贱、苦乐、劳逸、美丑、贤愚，都不是绝对的，都是由"比较"而来的。而且"比较"之力伟大得很，一切人生的不满足也都是由于比较而生。

——《比较》

科学的企图，艺术的理想，文明的要求，人生的欲望，在世间决没有完全实现的地方。人世间一切的满足都由于"比较"而生。

——《比较》

人生真是可悲的事！人情如此绵长，而人寿如此短促，天公真是恶作剧！

——书信《致夏宗禹》

"退一步海阔天空"真乃至理名言。有不如意时，设想更坏的，便可自慰。不满现状而懊恨，徒自苦耳。

——书信《致丰新枚、沈纶》

我年逾七十，阅人多矣。凡是不费劳力而得来的钱，一定不受用。要举起例子来，不知多少。歪驴婆阿三（是丰子恺散文《歪驴婆阿三》中因中彩暴富又挥霍无度返贫的主人公。——编者）是一个突出的例子。他可给千古的人们作借鉴。自古以来，荣华难于久居。大观园不过十年，金谷园更为短促。我们的阿三把它浓缩到一个月，对于人世可说是一声响亮的警钟，一种生动的现身说法。

——《歪驴婆阿三》

数理者之态度，大都爽直，故不觉生疏。彼此交情虽浅，只要理之所在，不妨直说或争论。此是此种人之好处。文艺方面之人，往往言语曲折，态度拘谨，或神经过敏，探求言外之言，观察行外之行。

——《教师日记》

"食色性也"，"饮食男女，人之大欲也"。圣贤把这两件事体并称，足证它们在人生具有同等的性状与地位。何以人生把"色"隐秘起来，而把"食"公开呢？要隐秘，大家隐秘；要公开，大家公开！如果大家公开办不到，不如大家隐秘。因为这两件事，从其丑者而观之，两者都是丑态。

——《宴会之苦》

我觉得，人生好比喝酒，一岁喝一杯，两岁喝两杯，三岁喝三杯……越喝越醉，越醉越痴、越迷，终而至于越糊涂，麻木若死尸。只要看孩子们就可知道：十多岁的大孩子，对于人生社会的种种怪现状，已经见惯不怪，行将安之若素了。只有七八岁的小孩子，有时把眼睛张得桂圆大，惊疑地质问："牛为什么肯被人杀来吃？""叫化

子为什么肯讨饭？""兵为什么肯打仗？"……大孩子们都笑他发痴，我只见大孩子们自己发痴。他们已经喝了十多杯酒，渐渐地有些醉，已在那里痴迷起来，糊涂起来，麻木起来了，可胜哀哉！我已经喝了四十杯酒，照理应该麻醉了。幸好酒量较好，还能知道自己醉。然而"人生"这种酒是越喝越浓，越浓越凶的。只管喝下去，我将来一定也有烂醉而不自知其醉的一日，为之奈何！

——《不惑之礼》

味的美恶无绝对价值，全视舌的感觉而定。大饥大荒，则树皮草根味美于粱肉；穷奢极欲，则粱肉味同糟粕，而必另求山珍海味。得十求百，得百求千，得千求万……这人欲的深渊没有底止。人类社会中一切祸乱，都是这种人欲横流而成！

——《桐庐负暄》

物质文明，诚可宝贵。然火刀时代，杀人工具亦拙，人祸远不如今日之烈。吸火器（一种当时的发明，用于吸烟者安全取火。——编者）虽巧，然与轰炸机、毒瓦斯俱来，杀人工具比取火工具更巧。功不补患，得不偿失。物质文明片面发达，实人世之大祸也。陶诗云："荣华诚足贵，亦复可怜伤。"

——《教师日记》

我自己明明觉得我是一个二重人格的人。一方面是一个已近知天命之年的、三男四女俱已长大的、虚伪的、冷酷的、实利的老人（我敢说，凡成人，没有一个不虚伪、冷酷、实利）；另一方面又是一个天真的、热情的、好奇的、不通世故的孩子。这两种人格，常常在我心中交战。虽然有时或胜或败，或起或伏，但总归是势均力敌，不相上下，始终在我心中对峙着。

——《读"缘缘堂随笔"读后感》

在中国，我觉得孩子太少了。成人们大都热衷于名利，萦心于社会问题、政治问题、经济问题、实业问题……没有注意身边琐事、细嚼人生滋味的余暇与余力，即没有做孩子的资格。

——《读"缘缘堂随笔"读后感》

我觉得人类不该依疆土而分国，应该依趣味而分国。耶稣孔子释迦是同国人，李白杜甫莎士比亚拜伦是同国人。希特勒墨索里尼东条英机等是同国人。……而我与吉川谷崎以及其他爱读我的文章的人也可说都是同乡。

——《读"缘缘堂随笔"读后感》

我自从缘缘堂被毁以来，深感收藏的虚空，同人生一样虚空。所以每逢有人送我珍贵的东西，我一定转送给相当的朋友。我自己片纸也不收藏了。

——《拜观弘一法师摄影集后记》

吉川说我在海派文人中好比"鹤立鸡群"。这一比也比得不错。鸡是可以杀来吃的，营养的，滋补的，功用很大的。而鹤呢除了看看而外，毫无用处！倘有"煮鹤焚琴"的人，定要派它实用，而想杀它来吃，它就戛然长鸣，冲霄而去，不知所至了！

——《读"缘缘堂随笔"读后感》

　　我的文艺生活，可分两个时期：前期（四十岁以前）是多样的，对绘画、文学音乐都感兴趣。我年轻时在东京，上午学画，下午学琴，晚上学外文，正是"三脚猫"。回国后也是为这三方面写作，作品大都在开明书店刊印。后期疏远绘画与音乐，偏好文学。……至于音乐，则早已完全放弃了。这后期可说是"两脚猫"了。……综合看来我对文学，兴趣特别浓厚。因此我的作画，也不免受了文学影响。我不会又不喜作纯粹的风景画或花卉等静物画；我希望画中含有意义——人生情味或社会问题。我希望一幅画可以看看，又可以想想。换言之，我是企图用形状色彩来代替了语言文学而作文。……当然我也喜欢看雄伟壮丽的山水画、华美优雅的花鸟画等。然而自己动起笔来，总想像作文一样表现思想感情。偶尔画几张纯粹表现形象色彩之美的画，便觉乏味，仿佛过不得瘾。

——《作画好比写文章》

　　仔细想来，无论何事都是大大小小、千千万万的"缘"所凑合而成，缺了一点就不行。世间的因缘何等奇妙不可思议！

——《缘》

大樹被斬伐生機不絕春來怒抽條
草木何這郅 子愷

我願化天使空中收炸彈 子愷

隴麥割裂日皆恒三遍次第春風
到草廬 子愷

去盡崎嶇之路前有美麗之鄉
TK

我始终相信"缘"的神秘。所以堂也取名"缘缘"。人生的事是复杂的，便是因为"缘"神秘之故。

——书信《致夏宗禹》

"物质文明"决不可脱离了"精神文明"而单独发达。两者必须提携并进，方能为人类造福。……倘两者不能提携并进，则与其使物质文明单独发达，远不如使精神文明单独发达。因为精神文明单独发达，不过生活朴陋一点罢了，人类尚得安居乐业。倘教物质文明单独发达，则正义、公理、人道都要沦亡，而人类的末日到了！

——《物质文明》

物质文明必须随从于精神文明而发展，方能为人类造福，倘使脱离精神文明而单独发展，必为人类祸害。

——《教师日记》

他们为什么能如此？（如此，是指能推己及人。——编者）就为了富有同情。同情极度扩张，能把全人类看作一个身体。左手受伤，右手岂能独乐？一颗牙齿痛，全身为之不安。这样，"一己"和"大群"就不可分离。我就有"小我"和"大我"。小我就是一身，大我就是全群。

——《杀身成仁》

这一晚，我不胜委屈之情。我觉得"空袭"这一种杀人的办法，太无人道。"盗亦有道"，则"杀亦有道"。大家在平地上，你杀过来，我逃。我逃不脱，被你杀死，这样的杀，在杀的世界中还有道理可说，死也死得情愿。如今从上面杀来，在下面逃命，杀的稳占优势，逃的稳是吃亏。死的事体还在其次，这种人道上的不平，和感情上的委屈，实在非人所能忍受！我一定要想个办法，使空中杀人者对我无可奈何，使我不再受此委屈。

——《宜山遇炸记》

我有十万斛的同情寄与沦落在战地里的人！

——《桐庐负暄》

我恨不得有一只大船，尽载了石门湾及世界一切众生，开到永远太平的地方。

——《辞缘缘堂》

我也来同佛教做买卖吧。但我的生意经和他们不同：我以为这次买卖并不蚀本，且大得其利，佛毕竟是有灵的。人生求利益，谋幸福，无非为了要活，为了"生"。但我们还要求比"生"更贵重的一种东西，就是古人所谓"所欲有甚于生者"。这东西是什么？平日难于说定，现在很容易说出，就是"不做亡国奴"，就是"抗敌救国"。与其不得这东西而生，宁愿得这东西而死。因为这东西比"生"更为贵重。现在佛已把这宗最贵重的货物交付我了。我这买卖岂非大得其利？房子（指故居"缘缘堂"被日本鬼子焚毁。——编者）不过是"生"的一件小小的附饰，有什么可惜呢？佛毕竟是有灵的。

——《佛无灵》

我们要以笔代舌，而呐喊"抗敌救国"！我们要以笔当刀，而在文艺阵地上冲锋杀敌。

——《劳者自歌》

不抗争而活是羞耻的，不抗争而死是怯弱的；抗争而活是光荣的，抗争而死也是甘心的。

——《肉腿》

人间的事，只要生机不灭，即使重遭天灾人祸，暂被阻抑，终有抬头的日子。个人的事如此，家庭的事如此，国家、民族的事也如此。

——《生机》

敌之扰人，实甚于蚊蝇臭虫。我语萧君（指萧而化，作者在上海江湾立达学园之学生，萍乡人。作者逃难途经萍乡时曾由萧接待，在乡间逗留。——编者）："我等生活不安定，在今日实是小事，决

日前抛核處忽有幼芽生

子愷畫

緣之堂畫箋

上坡

TK

相逢不用忙歸去　待到黃花撲地愁

丁亥重九前　子愷畫

緣之堂畫箋

1947.9.TK

種果得果　子愷畫

緣之堂畫箋

不可因此而懊丧或灰心。因懊丧与灰心无救于事，反而损失元气，最下策也。吾等尚不算流离失所。不过辗转迁徙，多些麻烦。今日吾民族正当生死存亡关头，多些麻烦，诚不算苦。吾等要自励不屈不挠精神，以为国民表率。此亦一种教育，此亦一种抗战。"

——《教师日记》

孙中山先生思想极为伟大！试看他的论著，凡百事业，除保护国家，复兴民族之外，必以促进世界大同为最后目标。可见他对于人类的爱，没有乡土、国际的界限。凡是圆颅方趾的人，都是他所爱护的。此心与中国古圣贤的"正道"、"仁政"相合，可谓伟大之极！

——《孙中山先生伟大》

艺术能使人自然地克制人欲，保存天理。换言之，艺术能自然地减杀人的物质的迷恋，提高人的精神生活。关于这点，孟子有很好的说明。他说：鱼是我所要吃的，熊掌也是我所要吃的。倘使这两者不能兼得，我情愿舍了鱼而去取得熊掌。生命是我所欲得的，正义也是我所欲得的。倘使两者不能兼得，我情愿舍了生命而去取得正义。

——《艺术必能建国》

玖

谈闲情

团体机关的同事，是偶然聚集的；学校的同学，也是偶然在一起的；亲戚同乡，往往是勉强结合的；邻居也往往是萍水相逢的。只有我的展览会场中找我晤谈的新朋，真可说是同志、好友、知音，因为经过精神生活（文与画）的介绍，是根本上志趣投合的朋友。古人云："乐莫乐于新相知。"为了追求这乐，我舍不得离开我的展览会场。我每天会晤我的新朋，我每天带了欢乐的疲劳而回到我的寓所。

——《会场感兴》

趣味，在我是生活上一种重要的养料，其重要几近于面包。

——《家》

我的爱平剧，始于抗战前几年，缘缘堂初成的时候，我们新造房子，新买一架留声机。唱片多数是西洋音乐，略买几张梅兰芳的唱片点缀。因为"五四"时代，有许多人反对平剧，要打倒它，我读了他们的文章，觉得有理，从此看不起平剧。不料留声机上的平剧音乐，渐渐牵惹人情，使我终于不买西洋音乐片子而专买平剧唱片，尤其是梅兰芳的唱片了。原来"五四"文人所反对的，是平剧的含有封建毒素的陈腐的内容，而我所爱好是平剧的夸张的象征的明快的形式——音乐与扮演。……西洋音乐是"和声的"（harmonic），东洋音乐是"旋律的"（melodic）。平剧的音乐，充分地发挥了"旋律的音乐"的特色。

——《访梅兰芳》

　　我的看戏的爱好，还是流亡后在四川开始的。有一时我旅居涪陵，当地有一平剧院，近在咫尺。我旅居无事，同了我的幼女一吟，每夜去看。起初，对于红袍进，绿袍出，不感兴味。后来渐渐觉得，这种扮法与演法，与其音乐的作曲法同出一轨，都是夸张的、象征的表现。例如红面孔一定是好人；白面孔一定是坏人；花面孔一定是武人；旦角的走路像走绳索；净角的走路像拔泥腿……凡此种种扮演法，都是根据事实加以极度的夸张而来的。盖善良正直的人，脸色光明威严，不妨夸张为红；奸邪暴戾的人，脸色冷酷阴惨，不妨夸张为白；好勇斗狠的人，其脸孔峥嵘突厄，不妨夸张为花。窈窕的女人的走路相，可以夸张为一直线。堂堂的男子的跨大步，可以夸张得像拔泥足……因为都是根据写实的，所以初看觉得奇怪，后来自会觉得自然。至于骑马只要拿一根鞭子，开门只要装一个手势等，既免噜苏繁冗之弊，又可给观者以想象的余地。我觉得这比写实的明快得多。

——《访梅兰芳》

　　艺术种类繁多，不下一打：绘画，书法，金石，雕塑，建筑，工艺，音乐，舞蹈，文学，戏剧，电影，照相。这一打艺术之中，最深入民间的，莫如戏剧中的平剧！山农野老，竖子村童，字都不识，画都不懂，电影都没有看见过的，却都会哼几声皮黄，都懂得曹操的奸、关

公的忠、三娘的贞、窦娥的冤……而出神地欣赏，诚恳地评论。足证平剧（或类似平剧的地方戏）在我国历史悠久，根深柢固，无孔不入，故其社会的效果最高。书画也是具有数千年历史的艺术，何以远不及平剧的普遍呢？这又足证平剧不但历史悠久，而且在其本质上具有一种吸引人情、深入人心的魔力。故能如此普遍，如此大众化的。

——《再访梅兰芳》

我自有一种嗜好和主张……原来我有一种习惯，欢喜搬房间，房间看得厌倦了要摆过。在青年时代，我的房间是每半月搬动一次，把几件家具像着棋一般调来调去，调出种种的景象来。

——《房间艺术》

闲话休提，我们再来欣赏梅花。在树上的是梅花的实物，在横幅中的是梅花的画，在文学中的是梅花的词。画与词都是艺术品。艺术品是因了材料而把美具体化的。材料不同，有的用纸，有的用言语，有的用大理石，有的用音。即成为绘画、文学、雕刻、音乐等艺术。无论哪一种艺术，都是借一种物质而表现，而诉于我们的感觉的。

——《从梅花说到艺术》

纯粹用感觉来看，剃头这景象中，似觉只有剃头司务一个人，被剃的人暂时变成了一件东西。因为他无声无息，呆若木鸡；全身用白布包裹，只留出毛毛草草的一个头，而这头又被操纵在剃头司务之手，全无自主之权。

——《野外理发处》

我的茶房很老实，我回旅馆时不给我脱外衣，我洗面时不给我绞手巾，我吸香烟时不给我擦自来火，我叫他做事时不喊"是——是——"，这使我觉得很自由，起居生活同在家里相差不多。

——《家》

讲演我是最怕的。无端地对不相识的大众讲一大篇不必要的话，我认为是最不自然、最滑稽的一种把戏……

——《读"缘缘堂随笔"读后感》

上海的市街形式是直的，杭州的市街形式是横的。直的形式有严肃之感，横的形式有和平之感。只要比较观看直线和横线，便可知道形式感情的区别。直线是阶级的，横线是平等的。直线有危险性，横线则表示永久的安定。故直线比横线森严，横线比直线可亲。森林多直线，使人感到凛然；流水多横线，使人感到快爽。上海近来高层建筑日渐增多，虽然没有像森林一般密，也可谓"林立"了。我们身在高不可仰的大建筑物下面行走，觉得自己的身体在相形之下非常邈小，自然地感到一种恐怖。设想这种高大的建筑物假如坍倒下来，可使许多人粉身碎骨，好像大皮鞋落在蚂蚁队伍上一样。

——《市街形式》

平日看到剃头，总以为被剃者为主人，剃者为附从。故被剃者出钱雇用剃头司务，而剃头司务受命做工；被剃者端坐中央，而剃头司务盘旋奔走。但绘画地看来，适得其反：剃头司务为画中主人，而被剃者为附从。因为在姿势上，剃头司务提起精神做工，好像雕刻家正在制作，又好像屠户正在杀猪。而被剃者不管是谁，都垂头丧气地坐着，忍气吞声地让他弄，好像病人正在求医，罪人正在受刑。

——《野外理发处》

无论何人，交际应酬中的脸孔多少总有些不自然，其表情筋肉多少总有些儿吃力。最自然、最舒服的，只有板着脸孔独居的时候。

——《家》

平生不善守钱。余剩的钞票超过了定数，就坐立不安，非想法使尽它不可。缘缘堂落成后一年，这种钞票作怪，……我不在杭州赚钱，而无端去作寓公。但我自以为是。古人有言："不为无益之事，

何以遣有涯之生？"我相信这句话，而且想借庄子的论调来加个注解：益就是利。……杭州之所以能给我优美的印象，就为了我对它无利害关系，所见的常是它的艺术方面的缘故。

——《辞缘缘堂》

我不惯硬床而喜欢软床。抗战前常用棕垫床。逃难后常用帆布床。前日所用帆布床坍损，不得已而用竹榻，遂影响于睡眠。用软床时，半夜一醒，即再睡；用硬床则一醒不能再睡，近来异常早起，即为此故。

——《教师日记》

板脸孔，好像是一种凶相。但我觉得是最自在最舒服的一种表情。我自己觉得，平日独自居在家里的房间里读书写作的时候，脸孔的表情总是严肃的，极难得有独笑或独乐的时光。

——《家》

有一次我在一位老先生家便饭。席上鱼肉之外有青菜和豆腐。老先生知道我不吃肉，请我吃豆腐和青菜。但我一看，豆腐和青菜中都加些肉屑，我竟不能下箸，向主人讨些生豆腐，加些麻油酱油，津津有味地吃了一餐饱饭。旁人都说奇怪。谁谓荼苦，其甘如荠呀！

——《食肉》

我从小不吃肉，猪牛羊肉一概不要吃，吃了要呕吐。三四岁以前，本来是要吃的，肥肉也要吃。但长大起来，就不要吃了。原因何在，不得而知。大约是生理关系，仿佛牛马羊不要吃荤，只要吃草。

——《食肉》

土白实在痛快，个个字入木三分，极细致的思想感情也充分表达得出。

——《庐山游记之三》

古人诗云："三杯不记主人谁。"吃酒是兴味的，是无条件的，是艺术的。既然共饮，就不必斤斤计较酒的所有权；吝情去留，反而杀风景，反而有伤生活的诗趣。

——《沙坪的酒》

优待的虐待，是我在做客中常常受到而顶顶可怕的。例如拿了不到半寸长的火柴来为我点香烟，弄得大家仓皇失措，我的胡须儿被烧去；把我所不喜欢吃的菜蔬堆在我的饭碗上，使我无法下箸；强夺我的饭碗去添饭，使我吃得停食；藏过我的行囊，使我不得告辞。这种招待，即使出于诚意，在我认为是逐客令，统称之为优待的虐待。

——《家》

我入社会后，索性自称素食者，以免麻烦。其实鳜鱼、河蟹，我都爱吃。……遍观古往今来，中土外国，无不以肉为美味。"六十非肉不饱""晚食以当肉"，足见人们对肉的珍视。我不吃肉，实在是"大逆不道"！但我"知故不改"，却笑"食肉者鄙"。

——《食肉》

　　"吃酒图醉，放债图利"，这种功利的吃酒，实在不合于吃酒的本旨。吃饭，吃药，是功利的。吃饭求饱，吃药求愈，是对的。但吃酒这件事，性状就完全不同。吃酒是为兴味，为享乐，不是求其速醉。

——《沙坪的酒》

　　在抗战时期，请绍酒坐飞机，与请洋狗坐飞机有相似的意义。这意义所给人的不快，早已抵消了其气味的清香与上口的舒适了。我与其吃这种绍酒，宁愿吃沙坪的渝酒。

——《沙坪的酒》

　　宴会，不知是谁发明的，最不合理的一种恶剧！突然要集许多各不相稔的人，在指定的地方，于指定的时间，大家一同喝酒、吃饭，而且抗礼或谈判。这比上课讲演更吃力，比出庭对簿更凶！我过去参加过多次，痛定思痛，苦况历历在目。

——《宴会之苦》

深夜的巡遊者

中国的合食是不好的办法，各人的唾液都可能由筷子带进菜碗里，拌匀了请大家吃。西洋的分食办法就没有这弊端，很应该采用。然而西洋的刀叉，中国人实在用不惯，我们还是用筷子便当。

——《黄山印象》

　　我小时候要吃糕，母亲不买别的糕，专买茯苓糕给我吃。很甜，很香，很好吃。……我作画作文，常拿茯苓糕做榜样。茯苓糕不但甜美，又有滋补作用，能使身体健康。画与文，最好也不但形式美丽，又有教育作用，能使精神健康。数十年来，我的作画作文，常以茯苓糕为标准。

——《吃糕的话——代序》

　　我曾经住过上海，觉得上海住家，邻人都是不相往来，而且敌视的。我也曾做过上海的学校教师，觉得上海的繁华和文明，能使聪明的明白人得到暗示和觉悟，而使悟力薄弱的人受到很恶的影响。我觉得上海虽热闹，实在寂寞；山中虽冷静，实在热闹，不觉得寂寞。就是上海是骚扰的寂寞，山中是冷清的热闹。

——《山水间的生活》

　　患眼疾，不能写日记。……凡三四日。此三四日中，镇日枯坐，沉闷万状，始知眼之功德无量。昔在缘缘堂，患眼疾时，有风琴，有蓄音机（指唱机。——编者），可由耳吸收精神的食粮。今在流离之中，百事草草，连口琴亦无之。唯有邻居南蛮鴂舌之音时来聒耳耳。此数日中惟一之慰乐，为吃瓜子。广西瓜子形小而腴，诱惑力极大。不吃则已，一吃则黏缠到底，欲罢不能。昔年我曾为文，斥瓜子为盗时之贼，论瓜子之可以亡国（曾载《宇宙风》），近日则视此为唯一的慰藉者。盖病中时间过剩，唯恐其不来盗也。今日病愈，见之立刻心生嫌恶，只觉此物有颓废之气，不可向迩。拟再作广西瓜子论以斥之。姑念数日来相慰之情，作罢。

——《教师日记》

时酒，是一种白色的米酒，酒力不大，不过二十度，远非烧酒可比，价钱也很便宜，但颇能醉人。……我也爱吃这种酒，后来客居杭州上海，常常从故乡买时酒来喝。因为我要写作，宜饮此酒。李太白"但愿长醉不愿醒"，我不愿。

——《癞六伯》

到圩上买瓜子，一毫子二两，七毫子一斤。为贪便宜，我买一斤。实则反而吃亏。……何以言之？此物本吾所恶。抗战前曾写一篇瓜子亡国论登《宇宙风》。今所以买一斤者，盖因陈宝患眼疾，将借此消遣。健康人常吃瓜子可以亡国，病人常吃瓜子可以解闷。凡事固不可无权变也。谁知买一斤回家，家人因其便宜而多也，群起而吃之，不终日即尽一斤。此所以要便宜反吃亏也。盖尝论之：世之要便宜者，皆有类于是，但不若是之显著耳。譬如买物，论斤论两，锱铢计较，费口舌，费往返，费时间，所失决不能抵偿所得。所得者只是"我便宜了"之一点安慰而已。故世所谓便宜，皆非"实利"，但"心利"耳。人皆知金钱之难得，故每逢出手，必拼命撙节。独不知撙节所耗之无形之金钱，往往远过于撙节所得之有形之金钱。此所谓"贪小失大""逐末忘本"。世间多庸人，此亦其一因也。

——《教师日记》

乡村究竟太寂寞，太沉闷。我觉得乡村不可不来游或小住，但不可久居。

——《教师日记》

去年今日，流亡才两月，居萍乡彭家桥萧祠中，环境荒寂，行物萧条，零丁孤苦，莫甚于此时。今日则大不然：打年糕，吃年夜饭，席上更添一初岁娇儿，笑语满座。融洽之乐，且过于缘缘堂中，念此可浮一大白！但推想铁蹄蹂躏之下，必有家破人亡之同胞，饮恨吞声而度此除夕者，则又感慨系之。

——《教师日记》

抗战以前，吾尝深居简出，好静恶动。今则反动甚烈，每思遍游天下，到处为家。彬然（指傅彬然，浙江萧山人，编辑、出版家、当代教育家。后文亦有提及。——编者）见吾

率眷老幼十一人行数千里，赞曰"伟大的旅行"。吾将使成为"更伟大的旅行"。但有旅行，决不吝惜。与其积钞票于箧，不如积阅历于身。

——《教师日记》

暑假开始矣。才过一早晨，即觉生活冗长散漫，反不如上课时有节。此心理恐不独我有，乃人类的弱点。贫者苦不足，富者又苦受累。独身者苦孤单，有家室又苦担负。无子者苦寂寥，有子则又苦作牛马。如平民苦贫贱，做官又苦奔走。不学苦愚陋，学成又苦劳神，而反羡村夫竖子之无知。莎士比亚言"人是瞻前顾后的动物"，吾谓"人是到处寻苦之动物"。

——《教师日记》

近来我对世事，不知不觉，自得其乐。都是养生之道。

——书信《致丰新枚、沈纶》

时间划分了段落似觉过得快些，同时感到爽快；混沌地移行似觉过得慢些，同时感到沉闷。这好比音乐：许多音漫无分别地连续奏下去，冗长而令听者感觉厌倦。若分了乐章、乐段、乐句，划了小节，便有变化，而令人感觉快适了。

——《新年》

你的字，实在太潦草，教人难于认识。此后对外人，应该写得工整些，此乃给人第一印象。看信费力，第一印象就不好了，多少会影响事情。

——书信《致丰新枚、沈纶》

　　此间，用不满足的心来说，是岑寂无聊，用满足的心来说，是平安无事。我是知足的，故能自得其乐。

——书信《致丰新枚、沈纶》

　　我的时间全部是我自己的。这是我的性格的要求。

——《沙坪小屋的鹅》

　　我也曾经立意要不费时间，躲在床角里不动。然而壁上的时辰钟"的格的格"地告诉我，时间管自在那里耗费。于是我想，做了人真像"骑虎之势"，无法退缩或停顿，只有努力地惜时光，积极地向前奋斗，直到时间的大限来到。

——《惜春》

　　春的景象，只有乍寒、乍暖、忽晴、忽雨是实际而明确的。此外虽有春的美景，但都隐约模糊，要仔细探寻，才可依稀仿佛地见到，这就是所谓"寻春"罢？有的说"春在卖花声里"，有的说"春在梨花"，又有的说"红杏枝头春意闹"，但这种景象在我们这枯寂的乡村里都不易见到。即使见到了，肉眼也不易认识。总之，春所带来的美，少而隐；春所带来的不快，多而确。诗人词客似乎也承认这一点，春寒、春困、春愁、春怨，不是诗词中的常谈么？不但现在如此，就是再过个把月，到了清明时节，也不见得一定春光明媚，令人极乐。倘又是落雨，路上的行人将要"断魂"呢。可知春徒有其名，在实际生活上是很不愉快的。实际一年中最愉快的时节，是从暮春开始的。

——《春》

可知时间划分愈细，感觉上过得愈快。故"快"就是"乐"，快乐称为"快活"。……在实际上求寿命之长，而在感觉上求生活过去之快。人工的时间划分，便是在感觉上求生活过去之快的一法。

——《新年》

人们只注意于这是某种子开出的花，而不知道花是受土壤的滋养，在土壤上繁荣，而为土壤所有的。

——《女性与音乐》

坐船逢雨天，在别处是不快的，在塘栖却别有趣味。因为岸上淋勿着，绝不妨碍你上岸。况且有一种诗趣，使你想起古人的佳句：

"人人尽说江南好，游人只合江南老。春水碧于天，画船听雨眠。""闲梦江南梅熟日，夜船吹笛雨潇潇。"古人赞美江南，不是信口乱道，确是亲身体会才说出来的。江南佳丽地，塘栖水乡是代表之一。我谢绝了二十世纪的文明产物的火车，不惜工本地坐客船到杭州，实在并非顽固。

——《塘栖》

花木有时被关闭在私人的庭院里，吃了园丁的私刑而献媚于绅士淑女之前。草则到处自生自长，不择贵贱高下。人都以为花是春的作品，其实春工不在花枝，而在于草。看花的能有几人？草则广泛地生长在大地的表面，普遍地受大众的欣赏。这种美景，是早春所见不到的。

——《春》

别的树木都凭仗了春之力而拼命向上，一味求高，忘记了自己的根本。其贪婪之相不合于春的精神。最能象征春的神意的，只有垂杨。

——《杨柳》

曾见有些盆景，人们把花枝弯转来，用绳扎住，使它生长得奇形怪状，半身不遂。这种矫揉造作，难看极了。种冬青作篱笆，本来是很好的。株株冬青，或高或矮，原是它们的自然姿态，很好看的。但有人用一把大剪刀，把冬青剪齐，仿佛砍头，弄得株株冬青一样高低，千篇一律，有什么好看呢？倘使这些花和冬青会说话，会畅所欲言，我想它们一定会提出抗议。

——《我作了四首诗》

跑到十字路口，看见红灯使人不快。它要你立着等待几分钟才得通过。反之，看见绿灯就觉得和平可亲。它仿佛在向你招手，保你平安地穿过"如虎口"的马路去。

——《五月》

上午阳光入吾室。以手拍衣，灰尘飞扬满室中，如大雾弥漫。村居灰尘甚多。吾等已同化于其中，久不感觉灰尘之可恶。今于阳光中见其详，不胜惊骇。四个月来，吾人时时呼吸于此种灰尘中，肺得不为垃圾箱乎？此灰尘平日无时不有。无阳光照映，目不能见，心即安然。世事类此者甚多。此事发吾深省。

——《教师日记》

我的爱点香，是为了香的烟缕的形象的美。我们所居的房屋中，所陈列的物件，都是静止的。好画满壁，好花满瓶，好书满架，都是不动的。……香烟缭绕，在空中画出万千种美妙的形状，实在是可以赏心悦目的。

——《我的烧香癖》

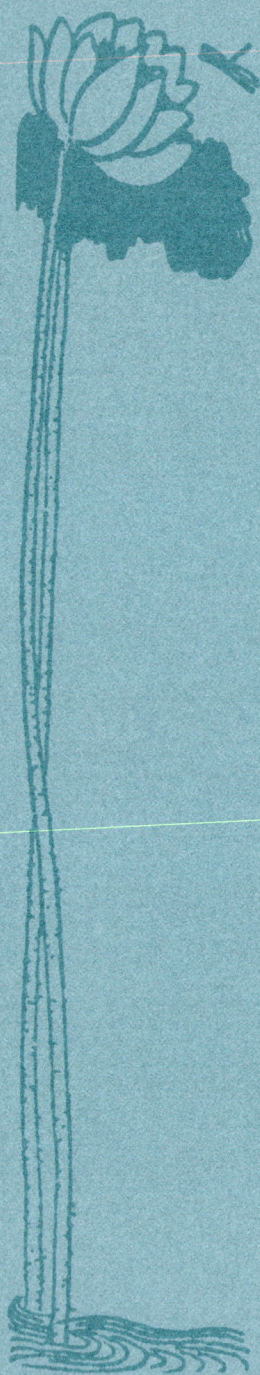

拾

谈弘一与宗教

弘一法师……在我心目中印象太深……我自己觉得，为他画像的时候，我的心最虔诚，我的情最热烈，远在惊惶恸哭及发起追悼会、出版纪念刊物之上。

——《为青年说弘一法师》

他（指李叔同。——编者）的受人崇敬使人真心地折服，是另有背景的。背景是什么呢？就是他的人格。他的人格，值得我们崇敬的有两点：第一点是凡事认真，第二点是多才多艺。先讲第一点：李先生一生的最大特点是"凡事认真"。他对于一件事，不做则已，要做就非做得彻底不可。……

——《为青年说弘一法师》

一般所谓佛教，千百年来早已歪曲化而失却真正佛教的本意。一般佛寺里的和尚，其实是另一种奇怪的人，与真正佛教毫无关系。因此世人对佛教的误解，越弄越深。……未曾认明佛教真相的人，就排斥佛教，指为消极，迷信，而非打倒不可。歪曲的佛教应该打倒；但真正的佛教，崇高伟大，胜于一切。

——《为青年说弘一法师》

人的一切生活，都可以说是"宗教的"。

——《为青年说弘一法师》

人真是可怜的动物！极微细的一个"缘"，可以左右你的命运，操纵你的生死。而这些"缘"都是天造地设，全非人力所能把握的。

——《为青年说弘一法师》

为什么入学校？为了欲得教养。为什么欲得教养？为了要做事业。为什么要做事业？为了满足你的人生欲望。再问下去，为什么要满足你的人生欲望？你想了一想，一时找不到根据，而难于答复。你再想一想，就会感到疑惑与虚空。你三想的时候，也许会感到苦闷与悲哀。这时候你就要请教"哲学"，和他的老兄"宗教"。这时候你才相信真正的佛教高于一切。

——《为青年说弘一法师》

他（指李叔同。——编者）是实行人格感化的一位大教育家。我敢说：自有学校以来，自有教师以来，未有盛于李先生者也。

——《为青年说弘一法师》

我看见这世间有一个极大而极复杂的网。大大小小的一切事物，都被牢结在这网中，所以我想把握某一种事物的时候，总要牵动无数的线，带出无数的别的事物来，使得本物不能孤独地明晰地显现在我的眼前，因之永远不能看见世界的真相。所以我想找一把快剪刀，把这个网尽行剪破，然后来认识这世界的真相。艺术，宗教，就是我想找来剪破这"世网"的剪刀吧！

——《剪网》

我的护生之旨是护心，不杀蚂蚁非为爱惜蚂蚁之命，乃为爱护自己的心，使勿养成残忍。

——《佛无灵》

信佛为求人生幸福，我绝不反对。但是，只求自己一人一家的幸福而不顾他人，我瞧他不起。

——《佛无灵》

无常之恸，大概是宗教启性的出发点吧。一切慷慨的、忍苦的、慈悲的、舍身的、宗教的行为，皆建筑在这一点心上。故佛教的要旨，被包括在这个十六字偈内："诸行无常，是生灭法。生灭灭已，寂灭为乐。"这里下两句是佛教所特有的人生观与宇宙观，不足为一般人道；上两句却是可使谁都承认的一般公理，就是宗教启信的出发点的"无常之恸"。

——《无常之恸》

"人生无常"，本身是一个平凡的至理。"回黄转绿世间多，后来新妇变为婆。"这些回转与变化，因为太多了，故看作当然时便当然而不足怪。但看作惊奇时，又无一不可惊奇。关于"人生无常"的话，我们在古人的书中常常读到，在今人的口上又常常听到。倘然你无心地读，无心地听，这些话都是陈腐不堪的老生常谈，但倘然你有心地读，有心地听，它们就没有一字不深深地刺入你的心中。

——《无常之恸》

　　我们所爱护的，其实不是禽兽鱼虫的本身（小节），而是自己的心（大体）。换言之，救护禽兽鱼虫是手段，倡导仁爱和平是目的。

——《一饭之恩》

　　真正的和尚，正信、慈悲、勇猛精进之外，又恪守僧戒，数十年如一日，俱足比丘的资格。

——《怀太虚法师》

　　真是信佛，应该理解佛陀四大皆空之义，而屏除私利；应该体会佛陀的物我一体，广大仁慈之心，而爱护群生。至少，也应知道亲亲而仁民，仁民而爱物之道。

——《佛无灵》

客船日載鐘聲去
落日錢僧之寺橋

子愷畫

大人们的一切事业与活动，大都是卑鄙的；其能庶几仿佛于儿童这个尊贵的"赤子之心"的，只有宗教与艺术。故用宗教与艺术来保护、培养他们这赤子之心，当然最为适宜。从小教以宗教的信仰、出世的思想，勿使其全心固着于地面，则眼光高远，志气博大，即为"大人"。否则，至少从小教以艺术的趣味。音乐、绘画、诗歌，能洗刷心的尘翳，使显出片刻的明净。即艺术能提人之神于太虚，使人得看清楚世界的真相、人生的正路，而不致沉沦、摸索于下面的暗中了。

——《告母性》

　　夏先生常说："李先生（指李叔同先生和夏丏尊先生。——编者）教图画、音乐，学生对图画、音乐，看得比国文、数学等更重。这是有人格作背景的原故。因为他教图画、音乐，而他所懂得的不仅是图画、音乐；他的诗文比国文先生的更好，他的书法比习字先生的更好，他的英文比英文先生的更好……这好比一尊佛像，有后光，故能令人敬仰。"

——《悼丏师》

　　这两位导师，如同父母一样。李先生的是"爸爸的教育"。夏先生的是"妈妈的教育"。

——《悼丏师》

我崇仰弘一法师，为了他是"十分像人的一个人"。凡做人，在当初，其本心未始不想做一个十分像"人"的人；但到后来，为环境、习惯、物欲、妄念等所阻碍，往往不能做得十分像"人"。其中九分像"人"，八分像"人"的，在这世间已很伟大；七分像"人"，六分像"人"的，也已值得赞誉；就是五分像"人"的，在最近的社会里也已经是难得的"上流人"了。像弘一法师那样十分像"人"的人，古往今来，实在少有。所以使我十分崇仰。

——《"弘一大师"全集序》

弘一法师是我学艺术的教师，又是我信宗教的导师。我的一生，受法师影响很大。

——《我与弘一法师》

我以为人的生活，可以分作三层：一是物质生活，二是精神生活，三是灵魂生活。物质生活就是衣食。精神生活就是学术文艺。灵魂生活就是宗教。"人生"就是这样的一个三层楼。懒得（或无力）走楼梯的，就住在第一层，即把物质生活弄得很好，锦衣玉食。尊荣富贵，孝子慈孙，这样就满足了。这也是一种人生观。其次，高兴（或有力）走楼梯的就爬上二层楼去玩玩，或者久留在里头。这就是专心学术文艺的人。他们把全力贡献于学问的研究，把全心寄托于文艺的创作和欣赏。这样的人，在世间也很多，即所谓"知识分子"，"学者"，"艺术家"。还有一种人，"人生欲"很强，脚力很大，对二层楼还不满足，就再走楼梯，爬上三层楼去。这就是宗教徒了。他们做人很认真，满足了"物质欲"还不够，必须探求人生的究竟。他们以为财产子孙都是身外之物，学术文艺都是暂时的美景，连自己的身体都是虚幻的存在。他们不肯做本能的奴隶，必须追求灵魂的来源，宇宙的根本。这才能满足他们的"人生欲"。这就是宗教徒。世间就不过这三种人。

——《我与弘一法师》

艺术家看见花笑，听见鸟语，举杯邀明月，开门迎白云，能把自然当作人看，能化无情为有情，这便是"物我一体"的境界。更进一步，便是"万法从心"、"诸相非相"的佛教真谛了。故艺术的最高点与宗教相通。

——《我与弘一法师》

春郊草味鲜

做人好比喝酒：酒量小的，喝一杯花雕酒就已醉了，酒量大的，喝花雕嫌淡，必须喝高粱酒才能过瘾。文艺好比是花雕，宗教好比是高粱。弘一法师酒量很大，喝花雕不能过瘾，必须喝高粱。我酒量很小，只能喝花雕，难得喝一口高粱而已。但喝花雕的人，颇能理解喝高粱者的心。故我对于弘一法师的由艺术升华到宗教，一向认为当然，毫不足怪的。……弘一法师由艺术升华到宗教，是必然的事。

——《我与弘一法师》

在他（指弘一法师。——编者）看来，做和尚比做其他一切更有意思。换言之，佛法比文艺教育更有意思，最崇高，最能够满足他的"人生欲"。所以他碰到佛法便叹为观止了。

——《拜观弘一法师摄影集后记》

人生一切是无常的！能够看透这个"无常"，人便可以抛却"我利私欲"的妄念，而安心立命地、心无挂碍地、勇猛精进地做个好人。所以佛法决不是消极的！所以佛法最崇高！

——《拜观弘一法师摄影集后记》

我笑世人都很浅薄，大都为名利恭敬虚度一生。能看到人生真谛的，少有其人。我所崇拜的，是像弘一法师的人。

——书信《致夏宗禹》

我脚力小，不能追随弘一法师上三层楼，现在还停留在二层楼上，斤斤于一字一笔的小技，自己觉得很惭愧。但亦常常勉力爬上扶梯，向三层楼上望望。故我希望：学宗教的人，不须多花精神去学艺术的技巧，因为宗教已经包括艺术了。而学艺术的人，必须进而体会宗教的精神，其艺术方有进步。

——《我与弘一法师》

仁者的护生，不是惺惺爱惜，如同某种乡里吃素老太太然；仁者的护生，不是护物本身，是护人自己的心。故仁者有"仁术"。仁术就是不拘泥于事物，而知权变，能活用的办法。能活用护生，即能爱人。

——《桂林艺术讲话之一》

我们是为公理而抗战，为正义而抗战，为人道而抗战，为和平而抗战。我们是"以杀止杀"，不是鼓励杀生。我们是为护生而抗战。

——《一饭之恩》

无端有意踏杀一群蚂蚁，不可！不是爱惜几个蚂蚁，是恐怕残忍成性，将来会用飞机载了重磅炸弹而无端有意去轰炸无辜的平民！

——《一饭之恩》

广西少有为丧家作迷信事之和尚，此风甚好。盖作迷信事之和尚，非但与佛法无关，抑且鱼目混珠，邪愿乱德，对佛法反多障碍。没有此种和尚，正是社会好现象也。

——《教师日记》

自掃雪中歸鹿跡
天眼恐有獵人尋

居士是佛教的最有力的宣传者。和尚是对内的，居士是对外的。居士实在就是深入世俗社会里去现身说法的和尚。

——《法味》

离小女娃墓……吾仰天而叹曰："造物者作此世界，不知究竟用意何在？是直恶作剧耳。吾每念及此，乃轻视世间一切政治之纷争，主义之扰攘，而倾心于宗教。惟宗教中有人生最后之归宿，与世间无上之真理也。"彬然正色而告曰："非也！彼困于冻馁者，日唯饮食为忧，奚暇治宗教哉？"予愕然。心念此彬然之所以为彬然也。吾二人人生观之相异，恐即在于此。

——《教师日记》

我们对于世事的观测，必须胸中自有尺度，不可人云亦云，随人起倒。

——《传闻与实际》

由预想进于实行，由希望变为成功，原是人生事业展进的正道。

——《家》

凡事只要坚忍不懈地进行，即使慢些，也终于能获得成功。

——《上天都》

一个人越是聪明，应该越是谦虚……一个人，行为第一，学问第二，倘使行为不好，学问好杀也没有用。……反之，行为好，即使学问差些，也仍是个好人。

——书信《致菲君》

幸福不能久留，正好比月亮不肯长圆。

——《富贵的美术家》

一切众生，本是同根，凡属血气，皆有共感。
——《沙坪小屋的鹅》

風雨之夜的叩門者

后　记

　　在最近一段时期的网络上，经常可以看到很多这样的句子：“你若爱，生活哪里都可爱。你若恨，生活哪里都可恨……”“不是世界选择了你，是你选择了这个世界。”“大事难事，看担当；逆境顺境，看胸襟……”“心小了，所有的小事就大了……”“走正确的路，放无心的手。结有道之朋，断无义之友……”“这个世界不是有钱人的世界，也不是无钱人的世界，它是有心人的世界……”“有些动物主要是皮值钱，譬如狐狸；有些动物主要是肉值钱，譬如牛……”“无愧于天，无愧于地，无怍于人，无惧于鬼，这样，人生。”

　　这些话都是谁说的？丰子恺先生？大错特错了！我们查遍了浙江文艺出版社和浙江教育出版社于 1990 年联合出版的《丰子恺文集》中的所有文章，没有找到这些文字，应该说这些是“伪丰子恺语录”。丰先生确实有不少各方面的论点，有艺术方面的，有教育方面的，有音乐方面的，有宗教方面的，也有人生哲理方面的，而且，这些写于上个世纪 30、40 年代的文字，大多数到现在还有切实的教育意义。比如，丰先生在 1938 年 8 月 1 日（距今正好 80 年）发表于《宇宙风》杂志上的《物质文明》一文中写道：

"物质文明"决不可脱离了"精神文明"而单独发达。两者必须提携并进，方能为人类造福。……倘两者不能提携并进，则与其使物质文明单独发达，远不如使精神文明单独发达。因为精神文明单独发达，不过生活朴陋一点罢了，人类尚得安居乐业。倘教物质文明单独发达，则正义、公理、人道都要沦亡，而人类的末日到了！

相比"你若爱，生活哪里都可爱"之类的"鸡汤"文字，丰先生的文字旗帜鲜明，观点明确，叙述简朴，有条有理。没有花哨噱头，没有哗众取宠，更重要的是，思想性也更加明确。

于是，我们有了编一本能体现丰子恺先生人生观的小书的想法。正好丰先生的小女儿丰一吟女士也有同样的想法并已付诸实施。她已年近 90 高龄，利用闲余时间从《丰子恺文集》中选取出近四万字，分门别类一个字一个字地输入电脑，还十分恰当地取名为《丰子恺话人生》。我们经过校订与部分增删，并配上丰先生早期的黑白漫画，就形成了现在呈现在读者面前的这样一本书。本书所配的黑白漫画有一百七十多幅，这些漫画作品与所选文字创作于同一时期。有些画让人忍俊不禁，有些画看了引人深思，其内容至今仍有现实意义。文字与大量漫画集中于一书，是以往出版过的丰先生作品中很少采取的编排方式，希望能给读者带来新意。

丰先生是个多产的作家。除了最负盛名的漫画，以及多语种的翻译作品，丰先生还创作有许多散文以及艺术理论文章。《丰子恺话人生》就是从这些文字中筛选出来的。由于丰先生著述颇丰，从中选取能代表他的主要观点并不容易，遗漏与不当之处在所难免，希望读者多多提出宝贵意见。

杨朝婴　杨子耘

2018 年 8 月 3 日

* "后记" 作者系丰子恺先生后人。

图书在版编目（CIP）数据

丰子恺话人生 / 丰子恺著；丰一吟编 . —— 上海：
上海译文出版社，2018.12
ISBN 978-7-5327-8003-7

Ⅰ . ①丰… Ⅱ . ①丰… ②丰… Ⅲ . ①散文集 – 中国
– 当代 Ⅳ . ① I267

中国版本图书馆 CIP 数据核字 (2018) 第 259477 号

丰子恺话人生
丰子恺 / 著　丰一吟 / 编

责任编辑：衷雅琴
装帧设计：邵旻

上海译文出版社有限公司出版、发行
网址：www.yiwen.com.cn
200001　上海福建中路 193 号　www.ewen.co
上海盛通时代印刷有限公司印刷

开本 889×1194　1/32　印张 6.25　字数 52,000
2018 年 12 月第 1 版　2018 年 12 月第 1 次印刷
印数：0,001–6,000 册

ISBN　978-7-5327-8003-7 /I · 4923

定价：35.00 元